EIFEL KRIMI

3

Bettina Rupp

Carola Clasen, Jahrgang 1950, arbeitete als Fremdsprachenassistentin, auch im Ausland. Nach ihrer Heirat widmete sie sich viele Jahre der Familie und begann vor zwei Jahren, Kurzgeschichten im Rundfunk zu veröffentlichen. Heute lebt sie in Hürth bei Köln. *Atemnot* ist ihr erster Kriminalroman.

Dieses Buch ist ein Roman. Handlungen und Personen sind frei erfunden. Ähnlichkeiten mit lebenden oder toten Personen sind rein zufällig.

Carola Clasen

Atemnot

Emons Verlag Köln

Umschlaggestaltung: Atelier Schaller, Köln
Umschlagzeichnung: Heribert Stragholz
Umschlaglithografie: HDL Repro-Service GmbH, Köln
Satzbelichtung: Stadt Revue Verlag GmbH, Köln
Druck und Bindung: Clausen & Bosse GmbH, Leck
Printed in Germany 1998
ISBN 3-89705-132-X

Für Jürgen

Viel zu dunkel

Er ging in die erstbeste Kneipe. Egal, wohin er gehen würde, er würde sowieso niemanden kennen. Er setzte sich an einen der hinteren Tische, nahe am Ausgang und weit genug von der Theke entfernt. Er wollte keine Unterhaltung, er wollte nur ein paar Bier trinken, bevor er in sein Hotelzimmer zurückging, ein leeres, phantasieloses Zimmer, wie in all den anderen Städten auch. Er wollte sich schläfrig trinken, damit es ihm nichts ausmachen würde.

Und morgen nach dem letzten Vortrag würde er dieser Stadt den Rücken kehren und nach Hause fahren. Er freute sich aufs Wochenende, seine Familie wiederzusehen, vielleicht wären auch die Kinder da. Sie fehlten ihm die Woche über, wenn er auf Dienstreise war. Und neuerdings waren sie am Wochenende auch nicht immer zu Hause. Sie wurden eben älter, verabredeten sich, mit wem auch immer, zogen die Gesellschaft ihrer Freunde seiner vor. Und Tanja und er mußten erst lernen, damit umzugehen, öfter mal nur zu zweit zu sein.

Der Wirt brachte ihm ein Bier, und während er einen kräftigen, ersten Schluck nahm, blickte er sich um. Eine von tausend Kneipen dieser Welt. Dunkel, stickig, halbvoll mit Stimmen und Musik.

Beim nächsten Bier malte der Wirt zwei Striche auf seinen Deckel und verließ ihn wortlos wieder, ging zurück zu seinen Gästen an der Theke, einem Grüppchen älterer, heftig diskutierender Männer. Drüben saß noch ein Pärchen, Kopf an Kopf, und einen Tisch weiter einer wie er, mittelalt, allein, Reisender, dachte er.

Er blieb länger, als er wollte, und trank auch mehr als einen Schlaftrunk. Auf dem Rand seines Bierdeckels standen jetzt fünf Striche, und der Wirt reagierte schon auf sein Handzeichen, als sich die Tür noch einmal öffnete und eine junge Frau allein, aber zielbewußt hereinkam und sich in die ihm gegenüberliegende Ecke setzte.

Da er die wenigen anderen Gäste bereits zur Genüge beobachtet hatte – sie gaben nicht viel her –, widmete er sich nun der Betrachtung des neuen Gastes; sie war auffallend genug, ein zweiter Blick lohnte sich weiß Gott.

Sie war groß, dünn, fast hager. Eine lange, rote Mähne aus tausend winzigen Löckchen, die bis auf die Taille hing, umrahmte ein zartes, blasses Gesicht. Dieses Rot war faszinierend und leuchtete im Schein der Tischlampe fast orange. Sie trug irgend etwas Schwarzes, Undefinierbares, Langes, Flatterndes mit einem kleinen spitzen weißen Kragen, der ihr etwas Mädchenhaftes gab.

Der Wirt kam auf sie zu und brachte ihr kurz darauf einen Tee. Ohne abzuwarten zog sie den Teebeutel aus dem Glas, bevor das heiße Wasser sich zu dunkel färben konnte, und löffelte Zucker hinein. Er zählte bis vier, jedenfalls erschien eine kleine weiße Schicht am Boden des Glases, die sie verrührte. Einmal sah sie hoch, und ihre Augen trafen sich, und er sah schnell weg, weil es ihm unangenehm war, sie so zu beobachten. Aber kurz danach hingen seine Augen wieder an ihr, wie sie das Glas von der Tischplatte hob, kerzengerade, ohne sich vorzubeugen, und wie sie trank mit kleinen Schlucken und spitzen Lippen. Die roten Haare fielen wie ein Vorhang über ihr Gesicht. Und wieder trafen sich ihre Blicke, als sie hochsah, aber er sah nicht mehr weg. Sie schloß beide Hände um das Teeglas und drehte es in kleinen Bewegungen hin und her.

Was für eine Frau, dachte er, zog die Augenbrauen hoch, atmete tief durch und winkte dem Wirt. Der kam grinsend auf ihn zu, nickte leicht in die Richtung, in der die Rothaarige saß, und sagte leise:

»Was für eine Frau!«

Er trommelte leise, voller Unruhe, mit den Fingern auf den Holztisch und blickte sich um, aber seine Augen kehrten immer wieder zu ihr zurück. Sie sah ihn an, ernst und unverwandt.

Immer wieder der Blick dieser Frau.

Wenn das keine Aufforderung war, dann verstand er nichts von Frauen. Tanja und die Kinder waren weit weg, und der Vortrag, mein Gott, das ist erst morgen.

Wie oft würde er so einem Blick noch begegnen?

Seine Füße scharrten unruhig, und er rutschte auf der Stuhlkante hin und her. Als er das nächste Bier brachte, flüsterte der Wirt:

»Nur Mut! Ich an Ihrer Stelle...«

Und da stand er auch schon, das Glas Bier in der Hand, und ging auf ihren Tisch zu.

»Darf ich?«

Sie nickte nur, und er setzte sich ihr gegenüber mit dem Rücken zur Theke. Er sah in viel zu blaue Augen über tiefen Schatten. Ihre Hände am Teeglas waren blaß und schmal. Auf einmal wußte er nicht mehr, wieso er hier saß und was er sagen sollte. Er war verlegen und spürte, daß er rot wurde.

»Sind Sie öfter hier?« Blöder hätte er nicht fragen können. Aber sie quittierte seine Frage mit einem Nicken und mit einem Lächeln, nur in den Mundwinkeln.

»Ich nicht.« Ach du heilige Scheiße, was soll sie bloß von mir denken. »Ich bin nur zwei Tage hier in Trier, dann geht's wieder nach Hannover, ich bin praktisch auf der Durchreise.«

Wieder dieses Lächeln in den Mundwinkeln und dieser Blick.

»Was machen Sie denn so?« Irgendwie mußte er ein Gespräch zustande bringen, sie konnten sich doch nicht die ganze Zeit nur anstarren.

»Nun«, begann sie mit leiser, unerwartet tiefer Stimme, »ich komme manchmal in die Stadt, um einzukaufen, aber ansonsten wohne ich auf dem Land.«

»Und wo da?« Er war dankbar, eine weitere Frage gefunden zu haben.

»Im Bitburger Gutland, aber das wird Ihnen nichts sagen. Etwa zwanzig Kilometer von hier, nordwestlich. Sie werden es nicht kennen, es ist nur ein kleines Nest. In Richtung Bitburg. Da, wo Ihr Bier herkommt«, und sie zeigte auf sein halbleeres Glas, das er nervös in der Hand hin- und herdrehte.

»Ein kleines Nest?« echote er, und sein Gehirn arbeitete an weiteren Fragen.

»Ja. Ein paar Höfe, ein Gasthaus, eine Kirche und viele Felder...«

Ihre Stimme war so leise, daß er sich weiter nach vorne beugen mußte, um sie zu verstehen, und er sah durchsichtig weiße Haut, die kleine Nase, Augenbrauen, dicht und dunkel wie die Wimpern, und den Mund einer Puppe.

Und sein Mut verließ ihn. Was für eine Frau! Schön wie ein Bild, und sie sprach mit ihm. Er begann zu zittern.

»Und dort wohnen Sie?«

Sie lächelte über seine weitere stumpfsinnige Frage.

»Und was macht man dort so, außer Kühe melken?«

»Ich bin Künstlerin.«

»Künstlerin?«

»Bildhauerin, genauer gesagt. Dort habe ich Platz und Ruhe.«

»Bildhauerin?« Wenn er sich weiter so anstellte, würde sie sich von ihm abwenden. Jede würde das tun. Sein Magen fuhr Achterbahn, so konnte ihm nichts Vernünftiges einfallen. Und wenn er nicht aufpaßte, würde er anfangen zu lallen. Dann wäre die Sache gelaufen.

»Ich habe dort eine kleine Galerie, ein Atelier in einer Scheune und eine Ausstellung im Garten. Nichts Großes, aber ich liebe es.«

»Ich auch«, hätte er fast gesagt, aber er riß sich zusammen.

»Ich mache Skulpturen aus Stein, aus Gips, Bronze und Holz.«

Er öffnete den Mund, ohne etwas zu sagen, und sie sprach weiter:

»Menschen, wissen Sie, die interessieren mich am meisten.«

»Ach!«

Er sah auf ihren Mund und folgte den Bewegungen ihrer Lippen, ohne zu hören, was sie sagte. Und sie sprach jetzt immer weiter. Gott sei Dank. Seine Augen wanderten ihren Hals hinab, zu ihren Schultern, sicher schmächtig ohne Kleider, zu ihrem Oberkörper mit den kleinen, kaum wahrnehmbaren Brüsten, ihre Arme lang und schmal. Er wollte sie berühren und ahnte ihren Duft.

»...Modell«, er hörte gerade noch das letzte Wort aus ihrem Mund, um darauf eine Antwort zu geben.

»Sie arbeiten mit Modellen?«

»Ja, wie ich sagte.«

Sie sah ihn wieder ernst an, und ihr Blick war ein wenig vorwurfsvoll.

»Wenn ich welche finde...« Sie ließ den Satz unvollendet stehen.

»Wer würde Ihnen nicht gern Modell stehen?«

»Schon, aber ich bin wählerisch.«

Natürlich ist sie das. Ob sie ihn...? Und da hörte er sich fragen: »Wie wär's mit mir?«

Wie konnte er nur! Er mußte morgen früh vor zwanzig Software-Spezialisten im Congress Centrum einen Vortrag halten, um das Programm seiner Firma an den Mann zu bringen. Nicht gerade die Zeit für Liebesabenteuer.

Sie seufzte hörbar, und er erwartete schon die Abfuhr, die sie ihm sicher erteilen würde.

»Ich habe Sie bereits ausgewählt. Sonst säßen Sie nicht hier. Ich warte draußen an dem alten Pritschenwagen auf Sie. Man muß uns nicht zusammen sehen.«

Sie erhob sich, bevor er antworten konnte, und ging zur Tür. Seine Augen hingen an ihren Haaren, deren Spitzen die Taille berührten. Er ahnte ihren Körper unter dem schwarzen Kleid, und er konnte den Blick nicht von ihrem Hintern lassen, der sich einladend bei jedem Schritt durch den dünnen Stoff hob. Sie war fast genauso groß wie er. Er liebte große Frauen.

Er reagierte wie eine Marionette, zahlte für beide an der Theke, warf seinen Mantel über die Schulter und folgte ihr nach wenigen Minuten, die er für angemessen hielt, weil er nicht mehr abwarten konnte.

Draußen öffnete sie die Beifahrertür des Pritschenwagens, und er kletterte – immer noch wie in Trance – hinein.

Als sie neben ihm saß, legte er seine linke Hand auf ihren Oberschenkel, der Alkohol machte ihn übermütig. Er bewegte seine Hand über den Stoff, aber sie schob sie sanft weg und flüsterte: »Langsam, langsam.«

»Wieso? Hast du nicht gesagt, du hast mich ausgewählt?«

»Schon, aber wir haben alle Zeit der Welt, nicht wahr?«

»Ich nicht!« sagte er bestimmt und legte seine Hand erneut auf ihr Bein.

»Du auch!«

Ihre Stimme war fest und duldete keinen Widerspruch, und er

gehorchte. Seine Erregung wuchs. Sie wußte, was sie wollte. Sie wollte es auf ihre Art haben. Und er würde alles tun, was sie verlangte.

Er versuchte sich zu beruhigen, denn die Fahrt würde eine Zeit dauern, und wie sollte er das aushalten.

Es war bereits dunkel. Als sie Trier verließen, konnte er nur noch wenig von der Landschaft erkennen, die sie durchquerten.

Den Blick auf diese Frau geheftet, sah er nur das Glitzern der Mosel, als sie über die Brücke fuhren, die letzten Lichter der Stadt, Scheinwerfer auf roten Felswänden vor schwarzem Wald. Es ging steil bergauf in Serpentinen, bis sie die Höhe erreichten, dann Felder, Hügel, Täler.

Kleine Orte flogen vorbei, zu dunkel, um ihre Namen auf den Schildern lesen zu können, die im Scheinwerferlicht auftauchten und wieder in der Dunkelheit verschwanden, und er würde sie sich nicht merken können, denn eines sah aus wie das andere. Eine Fahrt ins Ungewisse, aber er machte sich keine Gedanken darüber.

Schließlich sagte sie: »Da sind wir«, und die Straße führte schnurgerade in den Ort hinein, an einem Gasthaus vorbei, Totenstille, niemand auf den Straßen, kein Licht hinter den Fenstern, unheimlich, gleich wieder rechts aus dem Ort hinaus, steil bergab, zwei große Kurven und nur noch Dunkelheit, nach ein paar Metern rechts ein schmaler Feldweg mit tiefen Reifenspuren, und wie aus dem Nichts tauchte das Bauernhaus mit der Scheune auf.

Neben dem Haus ein beleuchtetes Gelände, auf dem Schemenhaftes, auf den ersten Blick kaum Erkennbares stand, Figuren oder Geräte, Skulpturen, angestrahlt und gespenstisch vor dem schwarzen Wald im Hintergrund.

Sie hielt vor einem zweiflügeligen Holztor und ließ ihn aussteigen, um es zu öffnen. Er schob den Riegel zurück, und sie fuhr den Wagen in die Garage.

Er ging zur Fahrertür, öffnete sie und half ihr auszusteigen.

Als er die Hände um ihre Schulter und Taille legte, um sie herauszuheben, ließ sie es geschehen, aber als er die Hände nicht wieder wegnehmen wollte und versuchte, sie an sich zu ziehen, wehrte sie ihn ab.

»Okay, okay, ich habe verstanden. Du gibst die Kommandos.«

»Ja. Wie recht du hast.«

Sie gab ihm einen Nasenstüber und fast einen Kuß. Und es wurde ihm kalt und heiß. Ihr Kleid rauschte ganz nah an ihm vorbei, er hätte danach greifen können, aber er wagte es nicht, nicht mehr.

Als sie das Licht in der Garage löschten und sie in der Dunkelheit ganz dicht beieinander standen, griff er nach ihrem Arm, der, zuerst weich und warm, plötzlich stark und steif wurde, und im gleichen Augenblick fühlte er auch schon den Schlag auf der Wange.

Während er sich noch die brennende Stelle hielt, sagte sie leise:

»Paß auf! Entweder du hörst auf das, was ich sage, oder ich bringe dich zurück in deine Kneipe oder dein Hotelzimmer, ganz wie du willst.«

Er hob beide Hände, als ob er sich ergebe:

»Schon gut. Es ist nur... du bist so wunderschön. Die Frau, von der Mann die Finger nicht lassen kann, weißt du?«

»Ich weiß«, sagte sie lakonisch, als habe sie es schon tausendmal gehört.

»Ich bin mir nicht sicher, wie lange ich es noch aushalte, ohne...«

»Du wirst es müssen, andernfalls –«

»Oh nein. Sag es nicht. Ich tue alles, was du willst.«

Sie überging seinen letzten Satz und führte ihn ins Haus. Im Erdgeschoß befanden sich eine große Küche mit einem Eßtisch, ein Wohnzimmer mit Kachelofen und einem riesigen Sofa mit vielen Kissen, auf dem eine dunkelgraue Katze blinzelnd die gelben Augen öffnete, ohne sich durch den Besuch stören zu lassen.

Vom Wohnzimmer aus führte eine Wendeltreppe in den ersten Stock, in dem er ihr Schlafzimmer vermutete, und neben dem Sofa befand sich noch eine Tür, nur angelehnt. Er ließ sich stöhnend auf das Sofa neben die Katze fallen, die sich dann doch beleidigt und widerstrebend trollte.

»Ich weiß nicht einmal deinen Namen«, sagte er, als sie vor ihm stand und seine Augen in Ruhe auf- und abwandern konnten. Er machte keinen Hehl mehr aus seinen Gedanken.

»Muriel.«

»M u r i e l«, dieser Name schmolz auf seiner Zunge und auf ihrer hellen Haut.

Sie ging einen Schritt zurück und musterte ihn.

»Stell dich hin!«

Gehorsam stand er auf. Sie drehte ihn einmal um und wieder zurück und besah ihn von allen Seiten.

»Du hast einen schönen Körper.«

Er räusperte sich, dehnte seinen Brustkorb, zog den Bauch ein, legte die Hände in die Hüfte, und sein Becken wippte unmißverständlich hin und her.

»Nicht wahr?«

Sie verdrehte die Augen und schüttelte den Kopf.

»Ich mach uns was zu trinken«, sagte sie und ging in die Küche.

Er trat hinter sie, als sie am Kühlschrank stand, legte seine Hände auf ihre Schultern und zog sie an sich.

Sie gab ihm eine Sekunde, dann schnellten Ellbogen in seinen Magen. Ein spitzer, bohrender Schmerz. Er krümmte sich, ließ von ihr ab.

»Du bist wirklich nicht zimperlich. Wenn ich nicht so scharf... ich meine, wenn du mir nicht so gefallen würdest, hätte ich längst...«

»Was denn?«

»Ich hätte dir gezeigt, wo's langgeht!«

»Und wo geht's lang?« Sie sah ihn ungläubig an.

Er wagte nicht, weiterzusprechen, er wollte es nicht verderben.

»Was bist du bloß für ein... ach, vergiß es«, seufzte sie, »am besten, wir fangen gleich an, ehe ich es mir überlege.«

»Na endlich, ich kann es kaum erwarten. Wie hättest du es denn gerne?« und er begann, seine Gürtelschlaufe zu öffnen.

»Zieh dich aus. Ich geh schon mal vor.«

Sie verschwand durch die Tür neben dem Sofa. Dahinter konnte er einen langen, hohen Raum erkennen, aber das grelle Neonlicht blendete ihn.

Er ließ seine Sachen auf den kalten gekachelten Steinboden fallen und schob zum Schluß die Finger in den Gummibund des Slips. Er zögerte. Das war Neuland, noch nie gemacht. Und er wußte nicht, ob sie ihn gänzlich nackt erwartete. Außerdem fühlte er sich von dieser blöden Katze, die da oben auf dem Schrank interessiert seinen Bewegungen folgte, beobachtet. Er ließ das Gummiband zurückgleiten und nahm sich vor, ihr diese letzte Hülle zu überlassen.

Er folgte ihr bibbernd auf Zehenspitzen, kam an Arbeitstischen mit Töpfen und Werkzeug vorbei, einem Zeichentisch, angefangenen Werken, und stand schließlich vor einem kleinen Podest.

Sie kam aus dem hinteren Teil des Raumes auf ihn zu.

»Wenn es hier drin bloß nicht so kalt wäre«, zitternd hielt er die Arme vor dem Körper verschränkt. Der beruhigende Einfluß des Alkohols verließ ihn, und nüchtern besehen war das hier Wahnsinn. Er war froh, den Slip noch anzuhaben, er würde einen kümmerlichen Eindruck machen ohne. Aber die Aussicht, daß sie jeden Winkel seines Körpers berühren würde, war verlockend, wahnsinnig verlockend!

»Dir wird schon warm werden, du wirst sehen.«

Er kletterte auf das kleine Podest und stand da wie ein Häufchen Elend, verängstigt, zitternd, aber immer noch willig.

Sie seufzte ungeduldig und begann ihn zu positionieren, drückte und rückte so lange an ihm herum, bis er einer Statue glich. Das rechte Bein leicht nach vorne gebeugt, der Rücken übergerade, der Kopf hoch erhoben in die Ferne schauend. Eine Hand auf dem Oberschenkel, die andere seitlich in die Hüfte gestemmt.

»So wird es gehen. Bleib so.«

»Nicht einfach, wenn du mich berührst.«

»Das muß ich wohl, und offensichtlich gefällt es dir.«

Er blickte nach unten und mußte grinsen.

»Dann kannst du dich ja jetzt auch getrost von deinem Slip trennen.«

»Willst du nicht…«

»Nein, du!«

Er hoffte auf eine erstaunte Reaktion, aber sie ignorierte, was sie sah.

»Kopf hoch, habe ich gesagt!«

»Ja, Sir.«

Er nahm gehorsam die Feldherrenstellung wieder ein, die sie befohlen hatte.

»Du darfst dich nicht bewegen, hörst du?«

»Ich werde es versuchen...«

»Du mußt. Du wirst sehen, wir sind schneller fertig, als du denkst. Dann werde ich mich revanchieren.«

»Und wie, wenn ich fragen darf?«

»Also, wenn du das jetzt noch nicht weißt...«

»Schon, ich kann es mir denken, aber ich hätte gern, daß du es sagst.«

Sie erhob sich und sah in seine Augen.

»Du hast einen guten Körper, es wäre eine Schande, ihn nur als Modell zu nutzen. Also verpulvere nicht deine Energie im voraus, du wirst sie noch brauchen...«

»Muriel...«, seine Stimme zitterte.

»Beweg dich nicht.«

Und diese unbestimmte Angst breitete sich aus, kam höher und höher, eine Höllenangst, wie er sie zuvor nicht gekannt hatte. Sein Herz schlug bis zum Hals, und er fühlte den Puls in den Schläfen. Er wollte es schnell hinter sich haben, und so nickte er nur.

Später stand sie oben im Badezimmer, schrubbte Hände, Nägel und Handgelenke, rieb und kratzte, holte die letzten Gipskrümel aus den Poren und Hautfalten, die Nagelhaut und die Fingerknöchel fast roh. Erst als die Hände rot, wund, ausgetrocknet waren, warf sie einen zufriedenen Blick in den Spiegel.

Menschen und Dinge

Es war ein heller Morgen, und Muriel frühstückte bei offenem Küchenfenster. Nebelschwaden hingen über den Tälern, und die Sonne war noch dunstig und wärmte noch nicht.

Tiger, der Dunkelgraue mit den gelben Augen, hockte neben ihr auf dem Küchentisch, die rosa Nase in eine Milchschüssel getaucht.

Sie hielt das Teeglas in beiden Händen und schlürfte genüßlich. Ihr Lieblingskonzert zog leise durch die Küche, und sie beschloß, morgen zu Heiner, dem etwas debilen Bauernjungen vom Nachbarhof, hinüberzugehen und ihn zu bitten, ihre neue Statue im Garten aufzustellen.

Sie würde herrlich aussehen neben den beiden anderen, der sitzenden, vornübergebeugten Figur und der auf dem Bauch liegenden Skulptur. Sie sollte hinten vor der alten Eiche stehen, das kleine Podest in die Erde zementiert, nachdem sie sie mit einer Bronzeschicht überzogen haben würde wie die anderen beiden auch.

Dann müßte sie das Licht neu ausrichten, so daß Schatten und Lichteinfall abends in der Dämmerung und die ganze Nacht über im richtigen Verhältnis zueinander wären.

Sie ging – noch im Morgenmantel – die Teetasse in der Hand ins Atelier, an ihrem neuen Werk vorbei, ohne es weiter zu beachten, zur Tür am Ende des Raumes, die in den Garten führte, und Tiger heftete sich lautlos an ihre Fersen.

Außer diesen, demnächst also drei Figuren, befanden sich noch ein mit einer Goldschicht überzogener Pflug, ein ausgehöhlter riesiger Stein, eine Art silberner Marterpfahl hoch aufragend, ein Obelisk und eine auf einer Spitze stehende hölzerne Triangel in einem Kreis zueinander aufgestellt auf der ehemaligen Weide: der ›Kreis der Dinge‹.

Sie stellte sich vor die Eiche, auf den Platz, den die neue Figur einnehmen würde, und sah sich um.

Ja, es war perfekt. Genau der richtige Ort. Das hocherhobene Haupt würde Richtung Dorf blicken, die beiden gelben Kirchtürme dort auf dem Hügel waren weithin sichtbar, und er würde aussehen wie ein stolzer Kämpfer, der den Feind erwartet.

Sie setzte sich auf den Rücken des ›Bauchliegenden‹ und war zufrieden. Jetzt war ihr Hofatelier – wie sie es nannte – endlich soweit, daß sie es wagen konnte, eine Ausstellung zu machen.

Sie würde ein paar Handzettel verteilen und eine Anzeige ins Dorfblatt setzen und alles, was Rang und Namen hatte, zu ihrer ersten Vernissage einladen. Wie lange hatte sie darauf gewartet! Sie hoffte, daß auch der Bürgermeister kommen würde und ein paar Journalisten und vielleicht auch andere Künstler aus Nachbarorten, so könnte sie endlich Zugang finden zu dieser eingeschworenen Gemeinschaft und Beachtung, ja, und Bewunderung.

Endlich könnte sie zeigen, wozu sie fähig war. Sie war eine Künstlerin!

Zurück im Haus begann sie den Text für eine Anzeige aufzusetzen, das Layout für die Handzettel zu entwerfen. Sie mußte einen Namen finden für ihr Atelier und das Thema ihrer Ausstellung, entschied sich für »Menschen und Dinge«. Das war bedeutungsvoll und traf den Kern, fand sie.

Sie schrieb eine Handvoll Exemplare und machte sich auf den Weg ins Dorf und in die Nachbardörfer nach Trimport, Dahlem, Sülm im Norden und Idesheim, Ittel, Gilzem, Meckel und Welschbillig im Süden.

Die Einladung zur Vernissage sprach sich schnell herum, und alle waren neugierÏig auf die Neue im Dorf, die erst vor ein paar Monaten den Bauernhof der Wiesners gekauft hatte. Zuerst waren die beiden Kinder, Söhne, die eigentlich den Hof übernehmen sollten, nach Köln und Koblenz gegangen, dem Sog der großen Städte folgend. Dann hatte der Wiesner, ein alter Griesgram, enttäuscht von den Plänen der undankbaren Söhne, abgebaut, im wahrsten Sinne des Wortes, keinen Sinn mehr in seiner Arbeit gesehen, die niemand achtete, geschweige denn fortsetzen würde. So war der Hof zusehends verwahrlost; die Frau hatte die letzten Monate damit verbracht, den Alten zu pflegen, der sich gehenließ und nicht mehr aufstehen wollte. Und ein halbes Jahr nach seinem Tod war sie ihm gefolgt. Die Söhne waren nur kurz zur Beerdigung erschienen und hatten dann der Bank den Verkauf des Hofes übertragen.

Natürlich war man skeptisch. Eine alleinstehende Frau, eine Künstlerin angeblich, und obendrein so auffallend, einem Männermagazin entsprungen, weckte die Phantasien der Dorfbewohner, aber sie war so ziemlich die einzige gewesen, die sich für das verfallene Gebäude interessiert hatte. Und in der einzigen Wirtschaft an der Hauptstraße, dem Gasthaus Zens, nahm sich so manch Angetrunkener vor, »es ihr einmal zu besorgen«. Und doch machten tagsüber alle einen großen Bogen um sie, die so ganz anders war als die Frauen, die auf dem Hof wirtschafteten, sonntags morgens in die Kirche gingen und nachmittags zum Musikkreis.

Natürlich waren auch schon viele ums Grundstück gestrichen, Männer wie Frauen, um einen Blick auf sie und das, was sie tat, zu werfen, besonders in der Zeit, als sie den Hof wieder herrichten ließ, aber eine richtige Einladung war doch etwas anderes. Vielleicht könnte man jetzt endlich eine Ahnung davon bekommen, wie sie lebte.

Niemand würde sich das entgehen lassen.

Und so zogen tatsächlich an jenem Sonntagmorgen, an dem die Vernissage stattfinden sollte, alle hinunter ins Tal zu dem Bauernhaus, das ein wenig außerhalb lag, am Rand des Großbusch, dem kleinen Wald inmitten der Felder, in der Erwartung einer großen Entdeckung.

Heiner, stets zu ihren Diensten und froh, in ihrer Nähe sein zu dürfen, servierte einfältig lächelnd Sekt, und Muriel führte ihre Gäste durch Haus und Garten, nicht alle, denn die meisten drückten sich verlegen in den Ecken herum, mehr an ihrer Person als an ihren Kunstwerken interessiert, die sie insgeheim für Unsinn hielten. Nichts, was von Nutzen war oder man haben mußte. Sie schüttelten unmerklich die Köpfe und fragten sich, was das sollte und ob es sich nicht besser für sie schicken würde, einem redlichen Tagwerk nachzugehen.

Aber der Bürgermeister, er war tatsächlich auch gekommen, nutzte die Gunst der Stunde für eine kleine Rede. Wie froh man sei, daß sie sich ausgerechnet hier niedergelassen habe, und wie stolz, eine Künstlerin zu den ihren zählen zu dürfen, und daß sie dem Dorf eine neue, große Bedeutung geben würde.

Der junge Polizist, rotgesichtig und aufgeregt, meinte, sie könne ihn jederzeit rufen, wenn etwas wäre, man wüßte ja nie. So einsam, wie sie hier wohne und ohne männlichen Beistand. Und das meinten auch die Freiwilligen von der Feuerwehr, der Metzgermeister und der Wirt und überhaupt alle Männer, die schwitzend und eifrig ihre Dienste anboten, während die Frauen die Nase rümpften und tuschelten und sie musterten mit ihrem langen, schwarzen Kleid und den glühenden Haaren.

Ein Journalist aus Welschbillig machte ein paar Aufnahmen und schrieb einen Text für die nächste Ausgabe.

Der Filialleiter der Kreissparkasse Bitburg-Prüm, dessen Geschäftsstelle direkt neben dem Gasthaus lag, ein Gutaussehender mit näselnder Stimme, drängte sich vor und bat einen Moment um Ruhe. Er würde gern den ›Stehenden‹ in seinen Räumen, also eigentlich in der kleinen Schalterhalle, ausstellen, um einerseits der Künstlerin, die er sehr verehre, eine Chance zu geben, aber auch, um eben diesen Räumen eine gewisse Note zu verleihen, sagte er und wartete auf Beifall.

Da zog der Bürgermeister nach und erbot sich, den ›Sitzenden‹ auf den Brunnenrand, also eigentlich auf einen der beiden Tröge, zu setzen, um dem Dorfkern ein gewisses Flair zu geben, den vorbeiziehenden Wanderern, aber auch den Bürgern selbst Zeugnis vom Kunstverständnis der Gemeinde zu geben.

Muriel nickte erfreut.

Sie müßten allerdings noch den Preis aushandeln, der eine mit seinem Chef und der andere mit dem Stadtrat. Schließlich sei das Stadtsäckel klein, meinte der Bürgermeister, und es stünden noch andere wichtige Dinge an, aber der Filialleiter tat großzügig, Kunst habe eben ihren Preis.

Da war sie überglücklich und strahlte sie alle an.
Sie meinten, man müßte sich mal in Ruhe bei einem Glas Wein zusammensetzen und über alles reden, vielleicht abends, hier bei ihr, natürlich ganz seriös, aber ihre Augen verrieten, was sie dachten.

Vanillecreme mit Erdbeersauce

Sonja saß verträumt über ihren Akten, ihre Augen verloren sich zwischen den Zeilen, Worte schwammen davon und Gedanken entglitten. Sie konnte sich nicht auf den Inhalt konzentrieren, zum einen, weil er denkbar langweilig war – einer von tausend Vermißten, die nie gefunden werden würden, zumindest nicht in dieser Welt, und wenn, dann nicht von ihr –, zum anderen saß ihr die letzte Nacht noch in den Knochen.

Sie hatte sich wieder mal auf eine Diskussion mit Jerome eingelassen. Kein Krach, nicht bis aufs Messer, nicht mit ihm, das würde er nicht zulassen. Aber er hatte angefangen, ja, und sie hatte nicht wieder aufgehört.

»Du ziehst das Problem der Lösung vor«, hatte er lakonisch gesagt und gedacht, damit sei die Diskussion zu Ende. Aber so einen Satz kann man schließlich nicht im Raum stehen lassen.

Er haßte diese Diskussionen. Sie störten seine gewohnten Bahnen. Er stieß an seine Grenzen bei diesen Irrfahrten durch sein oder Nichtsein und fühlte sich unbehaglich.

Wie konnte er nur so vor sich hin leben, ohne nach dem Sinn zu fragen, auf Veränderungen zu drängen? Sein französisches »Laissez faire«, das er selbst nach all den Jahren unter deutscher Emsigkeit und Gründlichkeit nicht abgelegt hatte, konnte sie zur Weißglut treiben, aber vielleicht war es auch nur Neid.

Nach so einer Nacht konnte er nicht arbeiten und tat es auch nicht. Er blieb zu Hause, schaffte die Bahnfahrt von Trier nach Köln nicht und erging sich in Selbstmitleid. Sie mußte ihn öfter anrufen, um sicherzugehen, daß er überlebte, während sie sich im Büro am Schreibtisch festhielt, um nicht darunter zu sinken.

Er hatte es gut, keinen Chef, der auf die Uhr sah, wenn er das

Büro betrat, keine jungen Kollegen, die dumme Witze über dicke Augen machten, und keine Akten, die sich unerledigt auf seinem Schreibtisch türmten, vorwurfsvoll und uneinsichtig.

Seine Arbeit konnte warten, war aufs Warten ausgerichtet, auf ein paar Jahrzehnte mehr oder weniger kam es nicht an. Als Archäologe war er an große Zeitabstände gewöhnt und Dringlichkeit ein Fremdwort in seinem Leben. Zur Zeit war er mit den Ausgrabungen am Heumarkt in Köln betraut und brauchte eine sichere Hand, die er nicht hatte, wenn er die Nacht durchdiskutiert hatte, begleitet von den dazugehörigen Gläsern Rotwein. Und ehe er etwas zerstören würde, was Jahrtausende friedlich vor sich hingeschlummert hatte, bevor es sich ihm offenbarte, ließ er es dort, wo es war. Außerdem empfand er sich als Künstler – der er ja auch in gewisser Weise war, jedenfalls, was seinen Lebenswandel anging.

Eine nicht unerhebliche Sensibilität – auf die er sich verließ – machte ihn für seine Ausgrabungen zum Genie, aber für das tägliche, praktische Leben an sich doch reichlich unbrauchbar.

Wie oft hatte sie erwogen, ihn aus ihrem Leben zu entfernen – legal natürlich –, aber genauso oft war ihr klar geworden, daß er dann für immer in tiefste Depressionen verfallen würde und sich vermutlich von seinen Studenten neben dem jüdischen Waschhaus vor dem Kölner Rathaus eingraben lassen würde. Diesen Fall würde sie nicht lösen wollen.

Und was sollte dann aus ihr werden?

Eine dieser Beziehungen, die nicht ohne und nicht miteinander funktionierten.

Niemand konnte zuhören und sie reden lassen wie er, und es machte nichts, daß er dabei einschlief, nicht mehr.

Ein Schatten fiel auf das Protokoll in ihren Händen, und sie blickte auf.

»Frau Senger.«

»Chef?«

»Frau Senger, ich will ja nicht stören, aber Sie lesen bereits schlappe zehn Minuten an zehn Zeilen, macht eine Minute pro Zeile, ein aufschlußreiches Arbeitstempo. Selbst Miss Marple –«

Er fand es umwerfend originell, sie mit Miss Marple zu vergleichen.

»Ich bin gründlich, wie Sie wissen. Arbeiten ist eine Frage der Qualität, nicht der Quantität«, unterbrach sie ihn.

Hämisches Grinsen der jungen Kollegen Stephan, Alex und Jörg an den gegenüberliegenden Schreibtischen. Sie fanden es auch originell. Sie fingerte sich eine Zigarette aus der Schachtel.

»Sicher, sicher, ich weiß. Aber genug ist genug.«

Sie hatte sich nach Trier versetzen lassen, erst vor ein paar Monaten, und wieder in die Abteilung Vermißte, Verlorene, Verschwundene, es machte keinen Unterschied, ob sie nun in Köln oder in Trier nach ihnen suchte, weg ist weg.

»Personalumschichtung, sozialverträglich«, war die Bezeichnung für ledige, kinder- und besitzlose Frauen zuerst von Bord.

Und im Zuge dieser großen Aufräumaktion hatten die Rheinland-Pfälzer Kollegen ihr Asyl geboten, alles besser als Düsseldorf. Ein Kölner geht nicht nach Düsseldorf.

Und sie war nicht enttäuscht gewesen, als sie diese Stadt zum ersten Mal sah, grüner, überschaubarer, gemütlicher als Köln, und immer noch römisch genug für ihren Geschmack.

Jeromes Augen hatten geleuchtet, als er Trier hörte.

»Treveris! Die älteste Stadt Deutschlands. Ich werde dir alles zeigen.«

Das hatte sie befürchtet.

Und dieser Bartmann hier, ihr neuer Chef, war jünger als sie, wie alle hier, und dümmer als sie, logisch, aber er war ein Mann, wie alle hier. Ein übler Kerl, ein Schleimer nach oben, penibel und kleinkariert nach unten. Stets im perfekten Maßanzug mit Weste, glattrasiert und mit einem After Shave übelster Sorte auf die Welt gekommen, frisch und tadellos geföni, Haar an Haar.

Ein hoher Preis für Düsseldorf.

Mißbilligend sah er auf die Zigarette und rümpfte die Nase. Er trauerte dem Nichtraucherbüro nach, sie war die einzige hier, die diesem Laster frönte, es lohnte nicht mehr aufzuhören, jetzt nicht mehr. Die Jungs da drüben waren allesamt geborene Nichtraucher, und Bartmann selbst hatte angeblich vor zwei Jahren aufgehört, von einem Tag auf den anderen, wie er stolz und vorwurfsvoll verkündete. Er war eben ein toller Kerl.

Sie nahm die Brille ab und fuhr sich durch das dünner und grauer gewordene Haar.

»Was kann ich für Sie tun?«

Ihr Ton war provozierend, aber er merkte es nicht. Natürlich nicht. Eingenommen von sich wie ein Pfau, würde ihm nie der Gedanke kommen, daß sie ihn für unnötig hielt.

»Wenn Sie die Kollegen in München anrufen würden. Ich habe unsere Kooperation zugesagt.«

Und damit war er auch schon auf dem Rückzug. Bartmann liebte es, seine Mitarbeiter – wie er sie gnädig nannte – im unklaren zu lassen und der einzige zu sein, der die Fäden in der Hand hielt.

»Schnösel!« zischte sie ihm hinterher und hob unterm Schreibtisch den rechten Mittelfinger, und die Teenies aus ihrer Abteilung feixten, der kleine, quirlige Alex, vorschnell und ungeduldig, der behäbige Jörg, groß und breit, ein nordisches Urgestein, der lange nachdenkt mit krauser Stirn, und Stephan, der Schöne mit den schwarzen Plüschaugen, der immer auf die Frauen angesetzt wird, weil sie schwach werden in seiner Nähe und willenlos gestehen, alles, auch was sie nicht getan haben.

München. Was sollte das nun wieder? Was hatte sie mit München zu schaffen? Sie war eingedeckt mit ungelösten Fällen und nicht scharf auf einen neuen, vor allem nicht in München.

Der Mann am Ende der Leitung sprach ein behäbiges Bayrisch, das sie nicht mochte. Sie mochte Jeromes französisches Kölsch und gewöhnte sich gerade an das gemütliche Trierer, aber Bayern war nicht gerade ihr favorisiertes Bundesland.

»Wir suchen einen Mann.«

»Na prima. Wir suchen Hunderte!«

Schweigen am anderen Ende.

Sie dachte an die Telefonrechnungen, die Bartmann regelmäßig überprüfte, und machte Druck.

»Seit wann?«

»Seit drei Tagen.«

»Wo war er zuletzt?«

»In Trier. Im Dorint Hotel. Auf einer Tagung. Ist abends nicht ins Hotelzimmer zurückgekommen. Und seitdem verschwunden.«

»Name?«

»Leon Buchsberg.«

»Alter?«

»Sechsundvierzig. Wir legen Ihnen alle Angaben sofort aufs Fax.«

»In Ordnung.«

Sie hängte auf. Bartmann würde stolz auf sie sein.

Sie gab dem Bayern eine Viertelstunde und ging dann hinüber ins Sekretariat zu Melanie, Herrscherin über Fax und Kaffeemaschine. Melanie hatte alles, was sie selbst

nie gehabt hatte und nie haben würde. Langbeinig, blond, schmal, schön. Der Typ, dem es nicht nachzueifern lohnte, weil man es nie schaffen würde, jetzt sowieso nicht mehr.

»Oh, hallo«, flötete Melanie mit dunkelroten Lippen und wippenden Locken.

»Ist ein Fax für mich gekommen?«

»Ja, sicher. Ich hab's schon kopiert, für alle Fälle.«

Melanie war nicht nur schön, sondern auch flink.

Sonja sah Melanies junge, gepflegte Hände mit den perfekten Nägeln auf den Kopien und ihre eigenen fleckigen und seufzte.

»Danke, meine Liebe. Mal sehen, was da anliegt.«

Das Foto war trotz Fax und Kopie deutlich. Ein dunkelblondes, nichtssagendes Allerweltsgesicht, ein bißchen zu weichlich für ihren Geschmack, mit Fasson-Schnitt, bart- und schnäuzerlos, dunkle, kleine Augen, Vertreter-Typ.

»1,88 groß, athletische Figur, zuletzt in dunkelgrauem Anzug und hellem Mantel. Vermißt von seiner Frau, Nicole Buchsberg, eine Tochter, Beruf Pharmareferent, Seminarleiter.«

Tja. Es würde auf die übliche Routine hinauslaufen. Hotel, Seminarteilnehmer befragen, Kneipen und Restaurants in der Nähe durchkämmen und so weiter und so weiter.

Und sie haßte Routine.

Sie klopfte bei Bartmann und fragte, wen sie mitnehmen dürfte von den »Herren«. Die ersten Wochen war sie mit Jörg unterwegs gewesen, dessen Bedächtigkeit ihr guttat, aber neuerdings hatte Bartmann die Idee, ihre Begleitung öfter mal zu wechseln, damit sich da nichts einschliche, wie er sagte, was immer er damit auch meinte. Selbst seine üble Phantasie mußte ihm sagen, daß sie und Herr ›Wer auch immer in dieser Abteilung‹ nicht viel gemeinsam haben würden. Außer einer gewissen Abneigung gegen ihn selbst.

»Herrn Fuchs, schlage ich vor«, tönte er jovial.

Sie ging hinüber zu Fuchs' Schreibtisch und sagte nur: »Alex, zieh dich warm an!«

Er war Mitte zwanzig wie die anderen auch. Ein kleiner, flinker, drahtiger Typ, pfiffig und emsig. Spindeldürre Arme lugten aus viel zu weiten Ärmeln. Selbst Größe XS bauschte sich großzügig um ein nicht vorhandenes Hinterteil, das Hemd bis zu den Knien hineingestopft. Der Kragen baumelte lose um den weit vorstehenden Adamsapfel, der bei jedem Wort erschreckend auf- und abhüpfte.

»Sag bloß, du und ich?« Er sprang hoch.

»Ja, du und ich. Also los.«

Im Auto, auf dem Weg ins Dorint, erzählte sie das Wenige, das sie wußte, und was sie zu tun hatten. Eben das Übliche. Schon tausendmal gemacht.

Sie fuhren über den Alleenring, der die Altstadt einschließt und befreit vom Durchgangsverkehr, an der ehemaligen Stadtmauer entlang.

An der Schellenmauer wird der Grünstreifen zwischen Ostallee und Balduinstraße zum Park und am Balduinsbrunnen, der gute Balduin ganz zugewachsen, schließlich links in die Theodor-Heuss-Allee. Alte und hohe Bäume, Bänke für Hausfrauen mit vollen Taschen und Penner mit leeren Flaschen, sauber voneinander getrennt.

Automatisch schob sie eine der beiden Musikkassetten ins Radio und wartete Alex' Reaktion ab.

»Smokie?« fragte er entsetzt.

»Oder Rod Steward, du hast die freie Wahl!«

»RPR 1«, sagte er kommentarlos. »Hat er Kinder?«

»Ja, eine Tochter.«

»Die Ärmste.«

»Mach mal halblang. Das Leben ist hart. Und niemand verschwindet nur einfach so. Da ist immer etwas faul.«

»Möglich. Vielleicht hat er gedealt.«

»Oder erpreßt.«

»Oder gestohlen.«

»Oder gemordet.«

»Oder gehurt.«

»Sonja!«

Alex sah sie entgeistert an. War sie zu alt für solche Bemerkungen?

»Soll's geben«, sagte sie nur achselzuckend.

Wenn du wüßtest, und sie dachte an Jerome, wenn sie mal gerade nicht diskutierten.

Im Dorint Hotel auf dem Porta-Nigra-Platz sagte man ihnen, was sie schon wußten, ließen sie Buchsbergs gebuchtes Zimmer sehen. Vier Sterne, mindestens, aber kahl, ein Bett, ein Schrank, ein Stuhl, ein Tisch in Nußbaum, ein Fernseher, Minibar, Telefon, die verblichenen Vorhänge zugezogen, sein Fenster Aug in Aug mit der Porta Nigra, er hatte nicht viel davon gehabt. Hundertachtzig Mark die Nacht, seine Firma war nicht kleinlich, zu viel für ein unbenutztes Bett.

Man holte eifrig den Portier und den Rezeptionschef herbei, beide desinteressiert und gelangweilt, als hätten sie jeden Tag mit der Polizei zu tun.

Man gab ihnen die Adressen der anderen Teilnehmer des Seminars, einundzwanzig Leute, alle schon abgereist.

Sie durften einen Blick in sein Handgepäck werfen, ein stattliches Manuskript, seidener Schlafanzug und Philips Ultra Shaver, Stern, Hugo Boss, keine Kondome. Spießer, dachte sie.

Alex startete fachkundig den Laptop, quälte die Tasten und scheiterte schließlich doch am Paßwort. Man war hilfsbereit, aber nicht hilfreich.

Hier war weit und breit nichts, was ihre Neugier wecken konnte.

»Also Alex. Was würdest du machen, allein in einer fremden

Stadt, in der nur ein leeres Hotelbett auf dich wartet?« fragte sie auf dem Weg hinaus, die Glastüren klirrten, und der Marmorboden hallte unter ihren Schritten.

»Ich denke, das sollte ich dich fragen. Er war in deinem Alter, nicht in meinem.«

Er wurde rot, weil er befürchtete, ihr auf die Füße getreten zu sein. War er auch.

»Ich würde in die nächstbeste Kneipe gehen, mir einen hübschen, ahnungslosen Mann angeln …«

»Sonja!!«

Archäologie mußte sie für ihn sein, so wie er sie ansah, als sei sie gerade von den Toten auferstanden, noch dazu nicht vollständig.

»Aber es ist erst früher Morgen, das mit den Kneipen machen wir heute abend, okay?«

»Obwohl …« Alex stockte.

»Heute abend, sage ich.«

»Aber sie haben doch alle schon geöffnet. Wir sollten keine Zeit verlieren«, drängelte er.

»Heute abend«, wiederholte sie, »schließlich waren diese Typen auch erst abends dort.«

Unnötig, ihm zu sagen, daß es nichts bringen würde, weder abends noch nachmittags. Aber so blieb ihr wenigstens eine kurze Verschnaufpause. Eine Denkpause.

Das Mittagessen in der Kantine war öde. Sie ließ sich das Schnitzel entgehen und setzte auf Salat. Trotzdem waren alle um sie herum jünger, schlanker und dynamischer. Dann konnte sie ja auch die Vanillecreme mit Erdbeersauce essen, die sie ein bißchen tröstete, nachdem sie in ihre Blutbahn gelangt war.

Den Nachmittag verplemperte sie im Büro und dachte über Jerome, Alex und Bartmann nach und die empörende Ungerechtigkeit der Welt in puncto Jugend und Geschlecht, rauchte haltlos und unmäßig. Sie würde einschlafen, tief aber traumvoll, jeden Moment.

Abends mit Alex in den Kneipen und Restaurants am Zurlaubener Ufer, im La Terrasse, Alt Zarlawen, En de Lauben, Schwarzbierhaus und wie sie alle heißen, war sie schon im Dämmerzustand, das heimische Sofa im Visier, ganz im Gegensatz zu Alex. Aber sein

Einsatz lohnte nicht, ein Gesicht wie dieses, wer sollte sich das merken? Sie hätte es ihm sagen können, aber er mußte es selbst herausfinden. Insgesamt einer dieser unnötigen Tage, und Jerome zu Hause würde sicher ihrer Meinung sein.

Am nächsten Morgen zitierte Bartmann sie zu sich und fragte, was sie zu tun gedenke, er habe schließlich Kooperation versprochen und stünde bei den Kollegen in München im Wort.

Sie berichtete ohne Elan über den gestrigen Abend.

»Und jetzt das Übliche. Presse, Suchmeldungen. Die Frau befragen, seine Arbeitsstelle aufsuchen, das können ja wohl Ihre Bayern da unten selber machen. Nachdenken. Natürlich. Was sonst?«

»Nachdenken?«

»Ja, wir brauchen mehr Zeit, Zeit, um...«

»Zeit«, unterbrach er sie ungeduldig, »ist das einzige, was wir nicht haben! Ich bestehe darauf, daß Sie mehr Druck machen! Schließlich geht es um ein Menschenleben.«

Natürlich, er wollte sich in München profilieren, nicht sie.

»Und Karrieren!« Sie hätte es nicht sagen sollen, aber es war zu spät. Bartmann räusperte sich und tat, als ignoriere er ihre Bemerkung, obwohl sie schon rot in ihren Personalunterlagen aufblinkte.

»Außerdem, Frau Senger, ist dies bereits der zweite Fall, wie Ihnen nicht entgangen sein dürfte.«

»Der zweite? Ich habe Hunderte von Suchmeldungen auf dem Tisch, wenn Sie die Güte hätten, sich daran zu erinnern.«

»Ungelöst. Das ist mir bekannt. Aber Sie wissen sehr wohl, was ich meine. Der zweite Fall, bei dem ein, sagen wir Nicht-Trierer auf Tagung bzw. Seminar ohne erkennbaren Grund verschwindet... erst Stuttgart und jetzt München.«

»Ach, hören Sie doch auf«, Sonja winkte ab, »unsere Akten wimmeln davon. Und außerdem verschwinden alle ohne Grund, bevor wir eben diesen gefunden haben, ist es nicht so?«

»Wenn Sie mich ausreden lassen würden...«

Sonja verdrehte die Augen und ließ sich in den Stuhl vor seinem Schreibtisch fallen. Sie war es satt, sich seine Reden anhören zu müssen und interessiert dabei auszusehen.

»Ich meine, der zweite Fall in den letzten vier Wochen. Es gibt Parallelen, finden Sie nicht?«

Seine zischende Stimme deutete Ritualmorde an.

»Parallelen?«

»Ich finde schon, und wenn Sie die beiden letzten Fälle vielleicht einmal miteinander vergleichen würden, kämen Sie auch zu dem Schluß. Nicht, daß sich da etwas einschleicht…«

Bartmanns krankes Hirn konstruierte wieder einmal wild in der Gegend herum, nicht daß sich darin längst etwas eingeschlichen hätte.

Tiger machte einen Buckel

Als Muriel ins Dorf kam, sah sie den ›Sitzenden‹ sonnenüberflutet, bronzeglänzend auf dem Brunnenrand.

Der Stadtrat hatte eine nicht unbeträchtliche Summe für ihn hingeblättert. Sie hatte Mühe gehabt, den Schreck über die Höhe zu verbergen. Sie war stolz. Auf einer kleinen Plakette neben seiner Hand standen ihr Name, Muriel Nestler, der Titel und das Datum der Errichtung.

Sie war eine bekannte Persönlichkeit geworden in der kurzen Zeit. Die Einweihungsfeier mitsamt dem obligatorischen Blaskonzert hatte ihr Übriges getan. Und alle, die ihr im Dorf begegneten, nickten ihr freundlich zu, selbst die Frauen hatten sie akzeptiert, nachdem sie festgestellt hatten, daß sie ihren Männern keine Avancen machte und sich aus dem Dorfgeschehen heraushielt. Es würde zu keiner Konfrontation kommen, solange sie sie mied.

In der Kreissparkasse gegenüber hatte der ›Stehende‹ einen Platz gefunden, für die gleiche Summe, nachdem der Filialleiter selbst die Einzahlung des Honorars des Stadtrates überwacht hatte.

Jetzt war es leer geworden in ihrem Garten, außer dem ›Kreis der Dinge‹ war da nur noch der ›Bauchliegende‹, für den sich keiner erwärmen konnte. Es war ihre erste Arbeit dieser Art gewesen und vielleicht nicht so gelungen, zugegeben, aber sie hing an ihm, vielleicht gerade deswegen. Außerdem hatte sie sich angewöhnt, die inzwischen wärmer gewordenen Frühlingsabende auf seinem Rücken zu genießen, und es war auch Tigers Lieblingsplatz geworden.

Sie mußte lächeln, als sie an das Angebot des Metzgers dachte, er hätte wohl auch gern eine solche Statue, aber könne nicht so viel bezahlen, ob sie nicht vielleicht eine etwas kleinere… Als sie heftig die roten Locken schüttelte und ablehnte, war er enttäuscht und beleidigt.

Ein paar Tage später stand er dann doch vor ihrer Tür, als sie gerade eine Lieferung an Werkstoffen bekam. Heiner hatte den LKW von weitem kommen sehen und war unaufgefordert rübergekommen, um die Säcke und Eimer abladen zu helfen und dann ins Atelier zu tragen.

»Frau Nestler«, erklärte sich der Metzger verlegen, »meine Frau und ich, wir haben noch mal darüber nachgedacht, wenn Sie tatsächlich nur solche großen Figuren machen, also, wie soll ich sagen, wir würden dann doch schon das Geld aufbringen können, wenn Sie verstehen ...«

Sie sah ihn abwartend an, ohne es ihm leichter machen zu wollen, und bat ihn herein.

Er war ein kleiner, dicker, rotblonder Endfünfziger mit schweißglänzender Stirn. Er schnaufte vor und nach jedem Satz, hielt die kurzen, prallen Arme vor seinem Bauch, die Hände ringend. Er hatte sich fein gemacht für diesen Besuch, was er unter fein verstand. Ein weißes Hemd unter einer Strickjacke, deren Knöpfe spannten, eine Stoffhose mit Bügelfalten, deren Bund erst unter seinem fetten Wanst Halt suchte und fand. Seine Lippen produzierten Schaum in den Mundwinkeln, und seine Augen glupschten wäßrig.

Er kam näher, auch als sie zurückwich, und sie mußte vor seinem warmen Atem die Augen schließen, der süßliche Fleischgeruch aller Metzger dieser Welt schlug ihr entgegen.

»Also, wir dachten da an eine Frau. Sehen Sie, wir haben ein wunderschönes Vogelhaus im Garten, hat mein Schwiegervater noch selbstgemacht, solide Drechslerarbeit. Buche. Und da hätten wir gerne eine Frau im langen Gewand, dachten wir, die eine Hand nach oben hält, auf der dann die Vögel sitzen können und ...«

Seine Blicke folgten ihr begehrlich, als sie sich neben den Kachelofen stellte und leicht den Kopf schüttelte.

»Sehen Sie, Herr ...«

»Becker, ganz einfach, Walter Becker«, ergänzte er diensteifrig und kam schon wieder näher, »aber mit ›e‹, ha, ha!«

Ein Witz so plump wie er.

»Sehen Sie, Herr Becker. Ich mache keine Auftragsarbeiten.«

»Eh?«

Heiner kam hereingeschlurft und unterbrach, ohne darauf zu achten, ihre Unterhaltung. Er war ganz grau vom Staub, und groß und dick wie er war glich er selbst einem wandelnden Zementsack.

»Ich hab alles ins Atelier getragen.«

»Oh, danke, das ist wunderbar. Vielen Dank. Ich sage Bescheid, wenn ich dich wieder brauche. Grüß deine Mutter!«

Heiner sah von Muriel zu Metzger Becker und blieb unschlüssig stehen. Er spürte die Spannung, die in der Luft lag, baute sich vor Becker auf und starrte wütend hinunter in dessen rotes Gesicht, die herunterhängenden Hände zu Fäusten geballt.

»Es ist alles in Ordnung, Heiner. Danke«, beruhigte Muriel ihn.

»Ja, ja«, sagte er nur, rempelte den Metzger an und verschwand wieder.

Becker sah von ihr zu Heiner und wieder zurück und schnaufte. Ein hämisches Grinsen machte sich auf seinen Lippen breit, und er schluckte endlich den Schaum herunter, der sich dort angesammelt hatte.

Tiger hinter Muriel auf dem Kachelofen machte einen Buckel, seine gelben Augen, plötzlich wach und weit aufgerissen, blitzten, die Schnäuzerhaare stellten sich bedrohlich auf. Hätte Becker etwas von Katzen verstanden, wäre er vorsichtig geworden. Aber er verstand nur was von Schweinen und Kühen.

Seine Augen musterten sie jetzt unverhohlen, glitten ihren Körper hinauf und hinab, und sein Schnaufen nahm bedrohliche Formen an. Er kam auf sie zu und legte seine schwitzigen Wurstfinger auf ihren schmalen Unterarm. Sie sah nur darauf hinunter, so daß er sich ermutigt fühlte, auch noch die andere Hand darauf zu legen. Er bemerkte nicht, daß sich ihre Augen veränderten und schmale Schlitze wurden. Als sein Bauch bereits den ihren berührte und seine wulstige Nasenspitze in der Kuhle ihres Halses ihren Duft einsog, schlug sie zu.

Das Schnaufen setzte ein paar Sekunden aus, und seine Augen traten noch weiter aus den Höhlen hervor.

Tiger, der seinen Einsatz nun nicht mehr für nötig befand, setzte sich, ließ den Metzger aber nicht aus den Augen.

»Wie gesagt, Herr Becker«, sagte sie, als sei nichts geschehen, »keine Auftragsarbeiten. Ich bin kein Handwerker. Aber ich werde sicher in den nächsten Wochen wieder eine Statue fertig haben. Ich werde es Sie wissen lassen. Und wenn sie Ihnen gefällt, dann können wir gerne verhandeln.«

»Ja, ja«, stammelte er verlegen, »sicher wird sie das. Alles, was Sie machen, ist wunderschön. Natürlich müssen Sie entscheiden...« Er wich zurück wie das Meer bei Ebbe, als sie auf ihn zukam, um ihn zur Haustür zu bringen.

»Und nichts für ungut, Frau Nestler.«

Sie sah ihn fragend an.

»Sie wissen schon, meine Frau, die Nachbarn...«

»Ich verstehe nicht...?«

Sie ließ ihn schmoren.

»Ich werde einen guten Preis zahlen. Einen sehr guten. Egal, was für eine Statue es sein wird. Das überlasse ich ganz Ihnen.«

Er sah sie verschwörerisch an.

»Das müssen Sie auch.«

Schade, daß er so häßlich ist, dachte Muriel, als sie hinter Becker die Tür schloß. Häßlichkeit war ihr ein Greuel. Aber es war ein gutes Gefühl, zu wissen, daß ihre Arbeiten gefragt waren. Das hier war ihr erster Auftrag, ja, und sie hatte es genossen, den Metzger abblitzen zu lassen. Kaum zu fassen, daß der Erfolg so schnell gekommen war, daß man ihr schon die Tür einrannte und sie drängte.

Mit Genugtuung betrachtete sie die neue Lieferung im Atelier. Heiner hatte die Säcke, Eimer und Töpfe säuberlich gestapelt. Auf ihrem Zeichentisch lag eine neue Arbeit in groben Strichen, der ›Kniende‹. Es war alles vorbereitet.

Dämmriges Licht fiel durch die hohen Seiten- und Dachfenster.

Und sie dachte, es würde Zeit.

Oben im ersten Stock unter der Schräge holte sie die offenen schmalen Pumps und ihr schwarzes, langes Kleid hervor, das einzige, das sie besaß außer all den Jeans und karierten Männerhemden, den groben Strickpullovern und Arbeitsschuhen.

Sie hatte sich von all ihren Kleidern getrennt, als sie hier hinaus aufs Land gezogen war, von den viel zu kurzen, denen mit den großen Ausschnitten und den winzigen Trägern, den durchsichtigen und verführerischen, in denen sie ein Blickfang war für alle Männer.

Aber auch in weiten bequemen Hosen, langen Pullovern, die rote Mähne unter einer Kappe oder einem Kopftuch versteckt, hatte sie diesen Blicken nie entkommen können. Alle hatten immer nur diesen Körper gewollt, nichts als diesen Körper.

Unter der Dusche hielt sie das Gesicht dem Strahl entgegen und schloß die Augen, aber da waren sie wieder, wie in ihren Träumen auch, all die gierigen Blicke.

Die eindeutigen Gesten, die plumpen Vertraulichkeiten, wie sie nach ihr griffen, sich auf sie stürzten, ihr Atem heftiger wurde, wie sie ihre Kleider wegschoben und öffneten, wie sich rauhe, grobe Hände auf ihrem Körper breitmachten und geöffnete Lippen ihren Weg suchten, wie ihr Gewicht sie zu erdrücken schien und sie einfach nicht mehr existierte und sich ergab, darauf wartete, daß es vorbei sein würde.

Es war ein lauer Frühlingsabend, als sie die Haustür verschloß, in den Pritschenwagen stieg und Richtung Trier fuhr, vorbei am Brunnen und der Sparkasse und den vom Fernsehlicht flackernden Fenstern der Metzgersvilla mit dem angestrahlten Vogelhaus im Garten, und »ihr« Dorf im tiefen Spießerfrieden verließ.

Es sollte bald eine weitere Attraktion haben, und ihr Name sollte über die Täler und Hügel hinausgetragen werden. Und stolz würden die Dorfbewohner von ihrer frisch erworbenen Kunst erzählen, und andere Dörfer würden neugierig werden. Ihr Name würde ein Geheimtip sein.

Krötenspucke, Schneckensaft und Schlangenaugen

Jerome küßte sie wach, legte den Mund auf ihren, noch voller Schlaf. »Dein Anrufbeantworter quillt über, chérie, wir sollten ihn erlösen.«

»Was sagt er denn?«

»Er sagt, du sollst deinen hübschen Hintern aus den Federn heben und ins Büro tragen.«

»Ich habe keinen hübschen Hintern«, sagte sie und drehte sich um. »Ich habe einen alten, wabbligen aus den Fugen geratenen...«, und schlief murmelnd wieder ein.

»Dann gehst du eben ohne, voilà!«

Seine Sprüche am Morgen!

Morgens ist alles noch viel schlimmer. An manchen Morgen jedenfalls lastet das Gefühl, daß jenseits der Bettkante nichts auf sie wartet, nicht Leere, sondern nichts, so schwer, daß sie die Gewalt über Beine und Arme verliert.

Aber da sind noch die anderen. Die Glückstage, an denen sie es nicht abwarten kann aufzustehen, voller Pläne und Ideen.

Aber heute war kein Glückstag.

Sie vermied es, Jerome in Augenschein zu nehmen, weil er, selbst Ende vierzig, ungekämmt und ungewaschen wieder wie das blühende Leben aussehen würde.

Jerome trägt seine gestreiften Alt-Männer-Schlafanzüge wie andere ihre Cardin-Anzüge, sie hingegen sieht in ihren Flanellnachthemden aus wie ihre eigene Großmutter.

Jerome und Patricia Kaas brachten ein erstaunliches Duett zustande, bei dem die Kaas den Kürzeren zog, sie würde es nicht erfahren, und schmetterten die nie entkalkte Kaffeemaschine, die ihren letzten Aufstand probte, in Grund und Boden. Geschirr klapperte demonstrativ. Er schien einen seiner guten Tage erwischt zu haben. Der Glückliche. Warum konnten seine Glückstage niemals auch ihre sein? Irgendeine geheime Macht stimmte es immer so ab, daß sie sich nur selten trafen.

Er war ein großzügiger Mensch und ließ sie liegen. Irgendwann, mit vollem Mund, grunzte er noch einmal ihren Namen herüber zum Schlafzimmer, und als keine Fortschritte erkennbar waren, stellte er den Anrufbeantworter an.

Bartmann, wer sonst, seufzte Sonja und verfluchte ihn.

»Ich bring ihn um, ich schwöre es bei meinem Augenlicht!«

Sie schlurfte ins Bad. Sollte er reden, bis er schwarz wurde. Jerome würde ihr schon sagen, was los war. Sie sperrte das grausame Tageslicht aus und schaltete die kleine dämmrige Lampe über dem Spiegel an, deren Licht ihr schmeichelte.

Sie würde alles dafür tun, die Zeit aufzuhalten oder besser noch zurückzudrehen, Krötenspucke, Schneckensaft, Schlangenaugen, manchmal ...

Als sie am Frühstückstisch erschien, war Jerome in den Trierischen Volksfreund vertieft und beachtete sie nicht. Typisch. Er liebte es, sie nur dann genauestens zu studieren, wenn sie aussah, als wäre ein Bagger über sie drübergefahren, nicht aber, wenn sie einigermaßen passabel aussah, wie zum Beispiel jetzt, aber es würde gleich vorbei sein.

»Und, was meint der Gute?«

»Wer?«

»Na, Bartmann. Der hat doch wohl das ganze Band vollgebrabbelt, oder?«

»Pah, keine Ahnung, alors!« Jerome ließ nicht von seiner Zeitung.

Sie las die Rückseite mit verrenktem Hals, die erste Seite mit der Politik und die letzte mit den Schlagzeilen aus aller Welt.

Der belgische Kindermörder Dutroux würde nachts alle sieben Minuten geweckt, beschwerte sich sein Anwalt, ja, ja, nur zu!

Die Europäische Union überlegte, den Kälberstrick zu verbieten. Schweine! Sie hatte nicht gewußt, daß es so etwas gibt.

Prinzessin Dianas letztes Wort im Tunnel nach dem Unfall war: »Dodi!«, was auch sonst.

»Du haßt ihn, also habe ich ihn mundtot gemacht. Gott sei seiner Seele gnädig – Dieu lui pardonne!«

»Du meinst, du hast ihn gelöscht?«

»Oui!«

Jerome fand das selbstverständlich und heldenhaft.

»Na, prima. Und was jetzt?«

Natürlich würde Bartmann ihr alles noch einmal brühwarm persönlich erzählen, aber es wäre nicht schlecht gewesen, vorbereitet zu sein.

Aber das würde sie Jerome nicht begreiflich machen können. Als er die Zeitung sinken ließ und seine dunklen Augen liebevoll auf ihr ruhten, wußte sie, daß es keinen Zweck hatte, ihm das zu erklären. Er hatte sie wieder mal beschützt vor den Bartmanns dieser Welt.

»Was soll schon sein«, seufzte Jerome, »er ist sauer.«

Er schob ihr die Todesanzeigen herüber, und sie studierte das Alter der Dahingeschiedenen, murmelte ein »Oh Gott«, wenn sie jünger waren als sie, und schenkte ein »Na ja« den Alten.

Todesanzeigen machen hungrig, ja wirklich, wenn man noch kauen kann, weiß man, daß man noch am Leben ist.

»Mein Jahrgang stirbt weg«, sagte sie schließlich mit vollem Mund, Marmelade auf den Lippen.

»Meiner auch! C'est la vie! Eines Tages werden wir die einzig Überlebenden sein aus einer fremden, unbegreiflichen Welt, in der es noch Autos, Fernseher und Plastik gab. Wir werden im Museum enden, meine Süße, Seite an Seite!« sagte er feierlich.

Als sie vor Bartmann stand, wünschte sie, er hätte wirklich so eine »Erase«-Taste.

»Der dritte Fall in vier Monaten, stimmt's?« fragte sie ihn, sah auf frische Fönwellen und schloß ihre Nasenflügel vor dem aufsteigenden Geruch des After Shaves.

»Allerdings.«

Er war beleidigt, vielleicht hatte ihn ihr Fluch erreicht.

»Und es gibt Parallelen, nehme ich an?«

»Allerdings«, antwortete er schnippisch, »aber das herauszufinden, ist ihr Problem. Stuttgart-München-Hannover, meine Liebe!«

»Die Welt blickt auf uns. Fehlt nur noch New York.«

Bartmann kräuselte indigniert seine hohe Stirn.

Sonja wurde ungeduldig, wütend, stützte sich mit beiden Händen auf seinen Schreibtisch und kam ihm sehr nahe, und ihre Stimme wurde drohend:

»Parallelen... Parallelen schneiden sich in der Unendlichkeit, nicht wahr? Das müßten Sie doch schon mal gehört haben. Aber das dauert mir zu lange, wenn Sie wissen, was ich meine! Wenn Sie mich arbeiten lassen würden, wie ich es für richtig halte, auf meine Art...«

»Und was wäre das für eine Art?« Er wich zurück, entsetzt über ihren Ausbruch.

»Meine Art!«

Das müßte genügen, mehr konnte sie ihm beim besten Willen nicht sagen. Er würde es nicht verstehen, und sie konnte es nicht erklären.

Er verstummte mit weiten Augen.

Himmel, dachte sie, er wird mir doch nicht krank werden! Keine Vorwürfe, keine Ermahnungen, kein »wenn nicht, dann...«

Sie ging zurück in ihr Büro, zwinkerte Melanie zu und begrüßte ihre Kollegen, die natürlich schon alle vollzählig versammelt waren und eifrig über ihren Fällen saßen.

Auf ihrem Schreibtisch lag das neue Fax aus Hannover.

Und Bartmann, der Neunmalkluge, hatte ihr mit seinem neonfarbenen Marker seine sogenannten Parallelen angestrichen. Das sah sie auf den ersten Blick, ohne den Text gelesen zu haben. Wichser!

Tim Kerber, 1,95 groß, athletische Figur, dunkelblond, zuletzt dunkelblauer Anzug, Trenchcoat, zweiundvierzig Jahre, zwei Kinder, Beruf Software-Spezialist, im Ramada auf der Kaiserstraße abgestiegen. Gesucht von Tanja Kerber, seiner Frau. Nach Stadtbummel abends nicht zurückgekehrt.

Alex kam zu ihr und fragte, wie sie es denn angehen sollten. Er zappelte vor Ungeduld und konnte es nicht abwarten.

»Am besten, du fragst unseren großen Zampano.«

Er zögerte.

»Nee, im Ernst, laß mich das erst mal in Ruhe lesen, dann sehen wir weiter, okay?«

Sie verglich die beiden vorhergehenden Fahndungs-Protokolle mit dem letzten und mußte wohl oder übel zugeben, daß Bartmann vielleicht doch nicht so ganz unrecht haben könnte mit seinen blöden Parallelen, obwohl..., sie haßte es, ihm Recht geben zu müssen. Und sie würde es auch nicht tun, da sei Gott vor!

Es handelte sich zwar jedes Mal um Männer um die vierzig, alle auf der Durchreise und alle mit einem »athletischen Körperbau«. Das war's dann aber auch schon. Nicht gerade die Masse an Erkenntnissen.

Und sie halfen nicht im geringsten weiter. Denn das war keine Spur im eigentlichen Sinne, da konnte Bartmann sagen, was er wollte.

Schließlich waren sie alle in verschiedenen Hotels in Trier abgestiegen, hatten alle unterschiedliche Berufe, kamen alle aus unterschiedlichen Städten, was haben Stuttgart, München und Hannover gemeinsam, also da war mehr, das sie trennte, als verband. So viel war ja wohl klar. Bei den beiden ersten Fällen hatte es auch nicht die Idee einer Spur gegeben, und sie könnte wetten, daß es jetzt bei diesem Typ hier genauso sein würde. Das würde sie mit Alex zusammen beweisen, und wenn es das letzte wäre, was sie tun würde.

Sie blickte hoch und sah, daß Alex sie ungeduldig beobachtete. Sie ließ ihn nur mit einem Kopfnicken zu sich kommen. Sein Übereifer nervte. »Was meinst du, Alex?«

»Also, ehrlich gesagt, vielleicht hat Bartmann...«

»Jetzt fang du nicht auch noch an! Bartmann redet Scheiße, du kennst ihn doch.«

Alex befand sich zwischen sämtlichen Stühlen, seine Füße scharrten nervös. Aber das Foto von diesem Tim Kerber baumelte bereits in seinen Händen, und er war startklar.

Wozu brauchte man sie hier überhaupt noch?

Seufzend und schwerfällig erhob sie sich von ihrem Drehstuhl, drückte ihre Zigarette aus und ging zusammen mit Alex an die frische Luft.

Die Sonne schien blank und eindeutig, ein Spaziergang wäre genau richtig.

»Wir könnten zu Fuß gehen«, sagte sie mit einem Blick über die Südallee hinüber auf die Kaiserthermen und den Palastgarten. »Wir rollen die Szene von hinten auf!«

»Keine Zeit!«

»Keine Zeit?«

Er raste los, als verfolge er eine Bande Bankräuber auf der Spur, nahm den Mittelstreifen. Er hatte zu viele Krimis gesehen, definitiv.

»In der Ruhe liegt die Kraft«, sagte sie und legte die Hand auf seinen Arm, weil sie an diesem beschissenen Leben doch irgendwie hing, und hoffte, durch diese Berührung könnten sich ihre Stimmungen, seine leidenschaftliche Ungeduld und ihre unendliche Schwere, vermischen zu alltäglicher Normalität.

»Jede Minute zählt!« gab er gehetzt zurück.

»Jede Minute kann deine letzte sein, wenn du so weitermachst. Und meine auch. Wir wollen nur eine kleine Befragung machen, mein tapferer Held. Da ist noch niemand, den wir jagen könnten, soweit ich weiß. Ruhig Blut!«

»Ach was, Blut muß fließen, muß rauschen, vom Rhein bis an den Bosporus«

Er hat einen Schaden, einen schlimmen Schaden, dachte sie.

Sie überließ ihm die Fragerei und kam sich überflüssig vor, denn er machte seine Sache gut.

Eigentlich zu früh, erst Nachmittag, für einen Kneipenbesuch in der Altstadt, aber hier haben alle schon geöffnet.

In der vierten oder fünften Kneipe, sie konnte es nicht mehr nachhalten, fiel ihr eine junge Frau auf. Nicht nur, weil es fast leer war hier – es lag an dieser Frau. Sie war groß, auch im Sitzen war das nicht zu übersehen, schmal und jung, jedenfalls ein Ende jünger als sie. Sie hatte diese wunderschöne rote, nicht enden wollende Lockenmähne, die ihr zartes, blasses Gesicht umrahmte wie ein Teppich, ganz in Schwarz, was sie noch zierlicher machte. Ein Teeglas mit dampfendem, weißlichem Wasser zwischen beiden Händen, saß sie einfach nur da, sah sich um wie sie, und ihre Blicke trafen sich.

Alex, jetzt dicht neben ihr, folgte ihren Blicken, und einen Moment standen sie beide da und starrten die Rothaarige an.

»Los, komm«, sagte Sonja schließlich leise und schubste Alex, der sie ansah, als käme er gerade von einem anderen Stern zurück auf die Erde, in Richtung Ausgang.

»Und, was sagt er?«

»Wer?«

Er war immer noch weit von hier.

»Na, der Wirt, wer sonst? Nie gesehen, stimmt's?«

»Nein«, kam es zögerlich.

Sonja studierte Alex' Gesicht und schüttelte den Kopf.

»Bist du okay?«

Er nickte.

»Nein. Hast du diese Frau gesehen?« fragte er nach einer Weile.

»War ja nicht zu übersehen«, grunzte Sonja abfällig.

Alex schlug sich gegen die Stirn und stöhnte laut auf.

»Mein Gott, was für eine Frau! Eine Fee! Ich dachte, wenn ich jetzt die Augen schließe und wieder öffne, dann ist sie nicht mehr da. Ein Traum! Eine Prinzessin, eine Erscheinung, die Frau meines Lebens, die ...«

Er hüpfte wie ein Kobold von einem Bein aufs andere, faltete die Hände wie zum Gebet, dann schlug er sie an die schmächtige Brust, sein Adamsapfel hielt den Takt, die Ohren hochrot, die Augen glühend, die dünnen Haarsträhnen aufrecht. Passanten blieben stehen und wunderten sich.

»Sonja, Sonja, Sonja, ich hab sie gefunden!«

Sonja verzog das Gesicht und schüttelte immer noch den Kopf.

»Hast du ihre Augen gesehen? Blau wie der Himmel, blau wie das Meer, kraterblau!«

Sie mußte lachen.

»Kraterblau?«

»Du hast die Maare noch nicht gesehen, bei Daun, ein Fehler, sonst würdest du nicht fragen. Sie sind die Augen der Landschaft, magisch und unheimlich, laß uns zurückgehen, ja?«

»Du spinnst!«

»Bitte! Ich muß sie ansprechen, ich muß irgendwie –«

»Du mußt gar nichts!« unterbrach sie ihn ungeduldig.

»Doch! Das verstehst du nicht!«

»Natürlich. Ich bin viel zu alt dazu, sag es ruhig.«

Aber Alex hörte ihr schon nicht mehr zu. Er war zurückgelaufen, und sie sah ihn noch in der Tür der Kneipe verschwinden.

»So ein Esel«, sagte sie leise vor sich. Irgendwie hatte sie das Gefühl, daß er gleich wieder da sein würde, und schlenderte Richtung Kornmarkt, wo ihr Auto stand.

»Und jetzt?« fragte Alex atemlos, als er sie wieder eingeholt hatte.

»Na, was ist mit deiner Prinzessin?«

»Zu spät!« stöhnte er.

»Ach, wie schade!« jammerte Sonja grinsend.

»Ja, lach mich ruhig aus, wenn dir das hilft! Also, was machen wir jetzt?«

»Nachdenken.«

»Nachdenken? Worüber?«

»Zum Beispiel darüber, ob diese Typen vielleicht gar nicht in einer Kneipe gewesen sind und wir die ganze Zeit auf der falschen Fährte sind. Vielleicht waren sie Kulturfreaks.«

»Kultur gibt's hier massig. Wo fangen wir an?«

»Was verstehst du unter Kultur?«

»Na, das Simeonstift, den Dom, das Landesmuseum zum Beispiel.«

»Und wann schließen die?«

»Um fünf oder so. Also viel zu früh.«

»Und was ist, wenn sie am Zurlaubener Ufer in eines dieser Schiffe ohne Wiederkehr gestiegen sind oder am Bahnhof in einen dieser Züge nach überall?«

»Du meinst, Sie könnten einfach abgehauen sein, ihre Spur verwischt, unter falschem Namen…«

»Ja, natürlich, weil sie ein neues Leben anfangen wollten. Könnte ich verstehen. Und was ist, wenn irgendein Meister sie aus diesen Städten zu sich hierher gerufen hat und ihnen befohlen hat, sich wie die Lemminge von der Römerbrücke zu stürzen, weil das Ende der Welt bevorsteht?«

»Dann vermodern sie seelenruhig in der Mosel«, sagte Alex ungläubig.

»He, he! Du siehst, ein Faß ohne Boden. Wir müßten die Mosel ausbaggern lassen, in allen Bahnhöfen dieser Welt ihr Foto aushängen, alle Kapitäne auf allen Wassern befragen. Bartmann wird wollen, daß wir all dem nachgehen, wenn du unsere Ideen vorträgst.«

»Das würd ich nur zu gern«, gab Alex kleinlaut zu, und sein flatternder Blick, der herumirrte auf der Suche nach seiner Prinzessin, machte sie ganz nervös.

»Verstehe. Aber ohne mich. Das ist der glatte Wahnsinn. Ohne Anhaltspunkt.«

»Ich glaube nicht, daß er mich alleine gehen läßt.«

»Na, wenn du wirklich willst, dann werd ich ihm das schon verklickern.«

»Und du bist nicht sauer?«

»Worauf?«

»Na, wenn ich das ganz allein durchziehe, und wenn ich sie finde...«

»Wenn du sie findest, schon, aber du wirst sie nicht finden, glaub mir.«

Sie kam sich vor wie diese alte Wahrsagerin, wie hieß sie noch gleich, aber sie konnte seinen Elan nicht bremsen. Er würde das alles tun und dazu noch gerne. Na ja, hatte sie damals ja auch, als Nesthäkchen der Abteilung. Das würde sich legen.

Bartmann ließ ihn tatsächlich allein losziehen und zeigte sich beeindruckt von seinem Tatendrang, solche Mitarbeiter seien nach seinem Geschmack, mit einem unübersehbaren Seitenblick auf Sonja.

»Wir werden unsere Miss Marple etwas schonen müssen, wie es aussieht!« meinte er hintergründig.

Und Stephan und Jörg kringelten sich.

Sonja gönnte es Alex, er hatte eine Chance, keine reelle, aber immerhin, und Bartmann auch, dem Widerling, falls Alex es vermasselte.

Jerome empfing sie auf dem Sofa schlummernd. Er öffnete nur ein Auge, als sie eintrat, und streckte die Arme nach ihr aus.

»Wie war's?« fragte er, als sie in seine Armbeuge sank.

»Beschissen!«

»Madame haben eine Ausdrucksweise wie ein Gassenjunge, wenn ich das mal so sagen darf.«

»Aber wenn es doch so ist. So langsam kotzt mich mein Job wirklich an. Ich bin es satt. Laß uns was Schönes machen!«

»Eine Stadtbesichtigung?« Er sah seine Zeit gekommen, und er würde nicht aufgeben.

Seit sie hier in Trier war, hatte sie tapfer seinen Vorträgen und Führungen widerstanden und immer einen guten Grund dafür gefunden. Nicht, weil sie sich nicht für diese Stadt interessierte, im Gegenteil, sie begann sie zu mögen, aber er holte immer so weit aus. Er würde im fünften Jahrhundert beginnen, mindestens, und keinen Tag auslassen, mit seinem Archäologenblick, ein Auge auf dem Turm, eines auf den Grundmauern, keines mehr frei für die Realitäten des Lebens.

Sie strich gern allein durch die Straßen, wenn er in Köln war, vom Hauptmarkt mit den schmalen rosa und gelben Giebelhäuschen, seinem Brunnen, auf dessen Stufen sie lange saß, die vier Tugenden ganz nah, das konnte nicht schaden, hinüber zum Dom mit der Liebfrauenkirche.

Oder sie ging von der Römischen Palastaula, massig und dunkelrot, durch den Schloßgarten, saß an dem kleinen Weiher hinter der Stadtbibliothek mit Blick auf die Kaiserthermen, und sie sah sehr wohl die Weinberge hellgrün durch die Arkaden leuchten und das Polizeipräsidium auf der anderen Seite, diesen grauen Bürowürfel, vierter Stock, drittes Fenster von links, ihre Zelle.

Sicher hatten die Römer mehr Geschmack, keine Frage.

Aber sie mußte nicht wirklich wissen, wer was wann warum gebaut hatte.

»Was Schönes, hab ich gesagt!«

»Gut, gehen wir runter ans Moselufer, keine Archäologie, versprochen, Natur pur.«

Am Zurlaubener Ufer, nur ein paar Schritte von ihrer Wohnung, wenn man erst einmal die Kreuzung geschafft hat, trennt ein schmaler Fußweg die Gartenlokale, ehemalige Fischerhäuschen, von ihren Gärten. Kleine verträumte Plätze unter bunten Lampen. Links verläuft der Radweg, erhöht auf dem Deich, gleich daneben die Mosel. Anlegestellen für Rundfahrschiffe, sogar die Köln-Düsseldorfer, grüß mir Köln. Praktisch, so brauchen die Gäste nur auszusteigen, essen und trinken, zurück aufs Schiff, weiter, weiter, keine Zeit verlieren.

Hier finden die beiden Flußarme wieder zueinander, träge und wellenlos, breit und grün.

Sie gingen, ohne zu reden, ließen die Kaiser-Wilhelm-Brücke hinter sich, auch die Mariensäule oben auf den Hügeln des Markusberges, und folgten dem Moselradweg bis zur Kabinenbahn, gelbe und rote Waggons, über die Mosel die roten Felsen hinauf zur Weißhausterrasse, auf der anderen Uferseite eine schmale Häuserzeile.

Hier konnte man atmen, Luft holen.

»Die Eifel ist ein stilles, weites Land«, begann er plötzlich mit leiser Stimme, und sie wagte nicht, ihn zu unterbrechen.

»Der deutsche Erbfeind waren wir, die Franzosen, kaum eine Generation hatte seit dem sechzehnten Jahrhundert ohne Krieg gelebt. Und so wurde die Eifel Grenzland, Westwallfront, ein Armeequartier, das Armenhaus Deutschlands, Preußisch-Sibirien nannte man es, ein vergessenes Land. Zwischen Trier und Aachen, der Antike und dem Mittelalter, römisch bis karolingisch, entstanden hier reiche Klöster, mächtige Burgen, Schlösser und Kirchen. Aber während der vielen Kriege verließ fast der gesamte Adel, dem die fruchtbarsten Böden gehörten, die Eifel, seine Böden durften nicht mehr bestellt werden, und so kam es zu furchtbaren Hungersnöten. Erst Mitte des neunzehnten Jahrhunderts erkannten die Spätromantiker diese einzigartige Landschaft wieder, die Verlassenheit, die Trauer, die Melancholie und schließlich auch ihre Kunst und Kultur ...«

»Das war schön«, sagte sie ehrfürchtig und meinte es auch so.

Zu Hause und endlich in den Federn, fing Jerome wieder an.

»Also, was ist los mit dir?«

»Ich weiß nicht, ich glaube, es war ein Fehler, hierherzukommen. In Köln haben sie alle gewußt, wie ich arbeite, auch wenn sie sich gewundert haben, sie haben es akzeptiert. Aber dieser Bartmann, der schickt mich herum wie eine frischgebackene Inspektorin, ins Nichts. Ohne eine Spur, einen Hinweis, ein Indiz. Hauptsache, ich sitze nicht am Schreibtisch und denke nach. Er jagt mich wie einen Hund. Und Alex ist auch nicht viel besser, er hetzt von einer Kneipe in die andere und findet nichts, natürlich, wie auch?«

Jerome brummte in sein Kissen. Ob er nun zuhörte oder nicht, es tat gut, laut zu denken.

»Und überall, wohin ich sehe, sind alle jünger als ich. Jünger, schneller, fitter. Ich komm einfach nicht mehr mit. Es ist das Tempo. Entweder war früher alles gemütlicher, oder ich war schneller. Es macht einfach keinen Spaß mehr, hinterherzulaufen, weißt du?«

Jerome brummte.

»Ich wünschte, ich könnte… ich weiß auch nicht was, aber irgendwas anderes machen ohne Hetze, ohne Druck. Ich dachte, hier in Trier würde alles anders werden, besser. Aber dieser blöde Bartmann hält mir den ganzen Tag die Youngsters vor die Nase, als ob das alles wäre, jung zu sein, als Garantie für Erfolg… Jerome?«

Jerome schlief.

Sie stand auf, setzte sich auf die Fensterbank. Sie rauchte, ohne zu zählen. Unten die Lindenstraße, Autos, Autos, Autos, hirnloses Fließen des Verkehrs, Hupen in der Luft und Scheinwerfer auf den Häuserwänden, Benzingeruch und Staub, städtischer Zerfall…

Öffnete sie das Fenster, würde sich der Lärm hineinschwingen und sie würde ein Teil dieses endlosen Triebwerkes.

An ihrem Haus müssen alle vorbei, die Trier verlassen in Richtung Bitburg auf die B 51, und alle, die zur Autobahn nach Koblenz und Saarbrücken wollen, und alle, die nach Konz wollen, alle, kurz »Alle Richtungen«.

Kein großer Unterschied zum Rudolfplatz in Köln, von dem sie geflohen war hierher, in der Hoffnung auf Ruhe. Es hatte nicht schlecht ausgesehen auf dem Stadtplan von Trier, den ihr die Kollegen zur Orientierung schickten, als sie eine Wohnung für sie suchten, nahe am Moselufer, außerhalb des Zentrums, Einbahnstraße obendrein, sie konnte nicht ahnen, daß es so enden würde. Und sie hatten sie nicht gewarnt. Die Besichtigung an einem Sonntag war ein Fehler gewesen. Die Nr. 17 war ein hübsches Haus, weiß, die Fenster altrosa abgesetzt, die Rahmen weiß und hoch, das obere Drittel geteilt. Die Tür mit Sprossen petrolfarben lackiert. Der winzige Vorgarten bestand aus einer einzigen Hortensie, deren rosa Blüten fast romantisch auf der alten Steinmauer baumelten. Davor der kleine Parkplatz, daneben der Tatoo-Laden ›Black Ink‹ und ein paar Meter weiter das ›Mesa y Vinas‹, spanischer Wein auf spanischen Möbeln.

Der zweite Stock ließ den Blick frei auf die Mosel und entschädigte.

Und diese Verlassenheit breitete sich wieder aus. Sie war in Köln, sie war in Trier, sie war überall.

Sie hatten sich in ihrem klapprigen Polo an die Stoßstange des Umzugswagens geklemmt, Jerome siegesgewiß am Steuer.

Er weigerte sich, ein Auto zu kaufen. Sie würde nie verstehen, warum. Aber er brauchte keines, so wie er auch keine eigene Wohnung brauchte.

»Isch abe gar kein Auto«, sagte er nach zu vielen Werbe-Spots, und seinen Führerschein hatte sie auch noch nie gesehen. Aber er lehnte es nicht ab, ihres zu fahren, ausführlich und mutig. Er parkte französisch, Stoßstange an Stoßstange, ohne Gang, die Türen unverschlossen, bis sie ihm draufkam und eine Rede hielt.

»Okay, okay, nie wieder«, hob er die Hand zum Schwur, »ich schwöre, nie wieder«, aber seine Schwüre taugten so viel wie Blitze in sternenklarer Nacht.

Sie hinterließ eine Handvoll Freunde und einen Berg an Erinnerungen, von dem sie gerade begann, herabzuklettern.

Nur Jerome war ihr geblieben, er würde überall mit hinziehen, wo Ruinen stehen.

Irgendwann, auf der Autobahn, hatte sie der WDR verlassen, und der RPR1 meldete sich übergangslos zu Wort.

Tannenwälder zu beiden Seiten, unten kahl, darunterliegen, Nadeln zählen. Windmühlen, die neuen weißen schlanken, SIE würden uns Strom schicken, wenn es hier unten keinen mehr geben würde. Ein Gruß von IHNEN, weit von hier, neben den behäbigen, altbackenen Masten der Überlandleitungen. Kühe, strohfarben, und Strohballen, kuhfarben, bewegungslos. Wald und Felder bilden Hügel, wie selbstverständlich, schieben sich ineinander, fallen in Tälern zu den Bächen ab, endlos. Häuser um Kirchen versammelt, nahe den Heilsverkündern, für alle Fälle.

Dann vor Trier plötzlich ein weites Tal, Weinhänge Stock für Stock, am Bindfaden aufgereiht. Die Mosel, ein See ohne Strömung, baumgesäumt. Die ersten Vororte, Kenn, Ehrang, dann der Verteilerkreis, der Alleenring, die Lindenstraße.

Held oder Gott

Als Muriel ihm sagte, er solle sich hinknien, sträubte er sich.

Er sei kein Betbruder und warf seine blonde Mähne zurück. Er war gut einen Kopf größer als sie und muskulös. Er hatte ihr etwas von Fitneß-Studios und Solarien erzählt, und nackt, wie er jetzt war, mußte sie zugeben, daß es sich gelohnt hatte. Seine Oberarme strotzten vor Muskeln und Sehnen, und seinen flachen Waschbrettbauch durchzogen etliche Muskelstränge. Seine Beine waren stark und lang. Ein »Cool water«-Typ.

Er umfing sie mit beiden Armen und stemmte sie hoch bis in Augenhöhe: »Baby, so kommen wir nicht ins Geschäft!«

Sie zappelte mit den Füßen, bis er sie herunterließ. Sie mußte ihn überzeugen, daß er und sein wunderbarer Körper nur so richtig zu Geltung kommen würden.

»Wenn du kniest, werden sich deine Beinmuskeln viel deutlicher anspannen, und dein aufrechter Oberkörper wird aufragen wie der eines griechischen Helden. Und wenn du dann deine Arme von dir streckst, die Hände nach oben, und den Blick auf die offenen Handflächen hältst, die Pose eines griechischen Gottes ...«

»Was denn, Held oder Gott?«

Sie merkte, daß er angebissen hatte. Es war immer dasselbe.

»Das ist bei dir schwer zu sagen, Sascha, du taugst zu beidem. Wir werden sehen.«

Er war bereit.

Er begann, von sich zu erzählen, während sie ihre Arbeit aufnahm, ganz eingenommen, ohne zu fragen, was sie da machte. Er spannte alle Muskeln seines Körpers aufs Äußerste an, so daß sie befürchtete, er würde nicht durchhalten. Aber sie unterschätzte ihn. Nach einiger Zeit kam er zu seinem Beruf.

Er sei jetzt so gut trainiert und habe sogar eine Ausbildung zum Trainer absolviert, er werde bald, sehr bald sogar, sein eigenes Studio haben, denn er habe einiges an Geld zurücklegen können, da er immer noch bei seiner Mutter wohne, in Welschbillig, und da würde er auch sein Studio eröffnen, da zuckte sie zusammen und hielt inne.

»Wo?«

»In Welschbillig. Nicht weit von hier. Vielleicht fünf Kilometer. Höchstens.«

Sie beugte sich zu ihm herunter und starrte in sein Gesicht.

»In Welschbillig?«

»Ja, müßtest du kennen.«

»Schon, aber…«

»Warum nicht? Hier gibt's weit und breit keine Konkurrenz, und wenn sich das erst mal herumgesprochen hat, werden sie aus allen Nestern angereist kommen. Natürlich gibt's dann da auch eine Bar und eine Sauna, du verstehst? Für die Jungen gibt's ja hier auf dem Land sonst nichts.«

»Schon«, sagte sie zögernd, »aber…«

»Hm?«

»Nun, ganz einfach, oft hat man nur Erfolg, wenn man sein Zuhause verläßt. Ich habe das auch getan.«

»Ehrlich?«

»Ja.«

»Aber bei mir ist das eine Geldfrage. Zu Hause kann ich im Hinterhof zwei Räume benutzen, die leer stehen. Das kostet mich keine Miete und ist für den Anfang nicht schlecht. Und in Welschbillig kenne ich schon jede Menge Leute, die mein Studio auch besuchen würden, Freunde und Bekannte. Ich bin da wer! In einer anderen Stadt, da müßte ich ganz von unten anfangen.«

Muriel hatte vergessen weiterzuarbeiten und war in Gedanken.

»He, he, was ist, wann geht's weiter, Süße?« unterbrach er ihr Zögern.

»Sekunde. Ich habe nur gerade überlegt, wie ich weitermachen soll. Warte, ich hab's, ich beginne mit den Armen.«

»Oh nein, laß mir meine Arme noch ein wenig«, er legte beide Hände auf ihre Schultern, wie sie da so vor ihm hockte, »ich wüßte

Besseres damit anzufangen, als ...«, seine Hände glitten ihren Oberkörper hinab, über ihre Brüste und blieben auf den Hüften liegen.

»Spar dir das auf für später ...« Sie lächelte ihn bedeutungsvoll an, und er ließ von ihr ab, versuchte aber immer wieder, seinen Mund ihrem Gesicht zu nähern, wenn sie sich über ihn beugte. Sein Atem ging schwer, aber er klagte nicht über diese fürchterliche Hitze in seinem Körper, wie es die anderen getan hatten. Er war eben stahlhart, durchtrainiert, ein Typ wie er würde nicht jammern.

»Und, wie sehe ich aus?« fragte er nach einer Weile.

»Phantastisch. Schade, daß du dich nicht sehen kannst!«

»Gott oder Held?«

»Gott, Sascha, Gott!«

Er grinste befriedigt und schloß die Augen, entzückt und berauscht von sich selbst. Er brauchte keinen Spiegel, er kannte jeden Muskel und jede Sehne seines Körpers auswendig.

Als ihre Arbeit beendet war, ging sie hoch ins Bad. Die Hände, Nägel und Handgelenke mußten geschrubbt und gescheuert werden, um auch die letzten Gipsspuren aus den Poren und Hautfalten zu entfernen. Es tat weh auf der Nagelhaut und den Fingerknöcheln, aber sie ließ sich Zeit. Erst als die Hände rot, fast wund, ausgetrocknet und roh waren, war sie zufrieden.

Unten im Garten lief sie immer wieder im ›Kreis der Dinge‹, dem Pfeil, dem Stein, dem Pfahl, dem Obelisk, der Triangel herum, voller Unruhe. Der Halbmond am wolkenlosen Himmel fiel auf die Skulpturen und warf lange Schatten, und sie selbst dazwischen – immer noch im langen, flatternden, schwarzen Kleid, die rote Mähne im Mondlicht fast blau und Tigers gelbe Augen auf dem Pflug.

Am folgenden Tag, nachdem sie auch den ›Knienden‹ in satte Bronze getaucht hatte, bat sie Heiner, ihn im Garten aufzustellen. Direkt gegenüber dem ›Bauchliegenden‹, der, seinen Kopf auf die rechte Hand gestützt, ihm so direkt Auge in Auge stand. Irgendwie gehörten die beiden plötzlich zusammen, waren ein Paar; auch wenn es nicht so geplant war, machte es Sinn. Und Muriel war zufrieden, es nahm dem ›Knienden‹ die Bedeutung und ihr einen Teil ihrer Bedenken.

Und wenn der Metzger tot umfällt?

Im Metzgerladen unter den Blicken der Frauen, die ihren Wochenendeinkauf tätigten, fragte Becker laut über die Theke hinweg zwischen Rippchen und Schnitzel nach seiner Skulptur, damit sie auch alle mitbekämen, daß er sich so was leisten konnte.

»Sie ist fertig«, sagte Muriel lapidar.

Aufgeregt vor Freude lief er hin und her und ließ die Kundschaft stehen, die beleidigt darauf wartete, endlich an der Reihe zu sein.

»Wenn Sie heute abend vorbeischauen wollen?«

»Gern, gern, junge Frau, nichts lieber als das.«

Und stolz blickte er in die Runde der neiderfüllten Gesichter.

»Ich bin nicht sicher, ob es das ist, was Sie wollten.«

»Aber sicher, aber sicher.«

»Sie ist anders geworden, als ich dachte, und ob sie neben Ihr Vogelhaus paßt ...«

»Aber sicher, aber sicher.«

Muriel zog nur die Augenbrauen hoch und lächelte.

Er werde ja sehen, meinte sie und verließ den Laden.

Becker kreuzte nach Geschäftsschluß auf. Sein dicker Mercedes fuhr bis dicht vors Haus. Er klemmte mit kurzen, gedrungenen Beinen direkt hinter dem Steuer und hatte Mühe, sich herauszuschälen, den gewaltigen Hintern zuerst. Er ließ die Tür entschlossen und satt zuschlagen.

Sie stand in der offenen Haustür, bevor er klingeln konnte.

»Kommen Sie!« und sie führte ihn außen herum in den Garten.

Das kleine Gartentor ließ sich nur schwer unter Quietschen öffnen, und Becker mußte seitlich hindurchschlüpfen und den Anzug an den Bauch drücken, um hindurchzupassen.

»Da ist er!« Muriel zeigte auf den ›Knienden‹, ging voraus, und Becker schnaufte diensteifrig hinterher.

Er war heute nicht die Spur draufgängerisch oder anmaßend, sondern ganz Geschäftsmann.

»Ich weiß nicht, was Sie meinen, aber er ist doch wunderbar. Genau so, wie ich ihn wollte. Kompliment!«

Muriel zögerte und sagte schließlich, ohne ihn anzusehen: »Er ist unverkäuflich.«

»Unverkäuflich?«

Wieder wurde Beckers Gesicht dunkelrot, und das Schnauben nahm zu.

»In gewissem Sinne.«

Becker strich mit seinen fleischigen Händen fast liebevoll über Kopf und Arme, als ob er sich mit dem ›Knienden‹ anfreunden wollte wie mit einem Hund, den man kauft.

»Und in welchem Sinne, wenn ich fragen darf, junge Frau?«

»Nun, in dem Sinne, daß ich ihn – wenn überhaupt – nur zusammen mit diesem da abgeben würde«, und sie zeigte auf den ›Bauchliegenden‹.

Becker taxierte die andere Skulptur abfällig, sein Blick wanderte den nackten Körper hinab, über den strammen Hintern, die wohlgeformten, übereinandergeschlagenen Schenkel bis zu den Füßen, deren Zehenspitzen gerade den Sockel berührten.

So eine Figur in seinem Garten würde ein übriges tun, ihm stets die eigene körperliche Unzulänglichkeit vor Augen halten.

Er schüttelte den Kopf, und Muriel war jetzt doch um seinen Gesundheitszustand besorgt, da seine Gesichtsfarbe – wenn auch kaum denkbar – immer mehr ins Dunkelblau wechselte, das Schnauben noch asthmatischer wurde, während der Schaum sich in seinen Mundwinkeln sammelte. Was, wenn er hier im Garten tot umfiel?

»Keiner im Dorf hat zwei Figuren, Sie wären der erste.«

Da klickte es in seinem glattrasierten Schädel mit den dicken Nackenwülsten, daß man es fast hörte. Er tat noch, als zögerte er, aber Muriel wußte, daß diese Bemerkung ihre Wirkung nicht verfehlt hatte. Eine gute Basis für weitere Verhandlungen.

Sie rang ihm einen völlig überzogenen Preis ab, der ihn vermutlich eine weitere Hypothek auf seine frisch renovierte Metzgerei kosten würde, und Zeit, Zeit, eine Vernissage auszurichten, bevor die beiden in seinem Garten alle anderen vor Neid erblassen lassen würden.

»Ja, wenn Sie aber bitte ein Schild auf beiden anbringen würden, daß sie bereits verkauft sind, beide, an Herrn Becker! Ich lege größten Wert darauf, daß mein Name darauf steht, damit...«

Muriel nickte voller Verständnis.

Seine Geltungssucht machte ihn gefügig, gierig und stolz, als habe er das Geschäft seines Lebens gemacht.

Dieses Geschäft würde schnell die Runde machen, und alle würden den Trumpf des Herrn Metzgermeisters sehen wollen.

Sie würden diesen Erfolg genießen, beide, jeder auf seine Art.

Dieses Mal würde sie sich weiter wagen, ihre Einladung bis Trier und Bitburg tragen, den Kreis erweitern, die erste Vernissage hatte sie mutig gemacht...

Der rosa Faden

Alex stand fix und fertig vor Sonja, und er tat ihr leid.

»He Kleiner, was ist?«

»Bartmann«, sagte er achselzuckend, »er hat mich runtergeputzt, aber frag nicht, wie!«

»War ja zu erwarten. Hast du nichts rausgefunden?«

»Nichts. Gar nichts.«

Es war nicht der Moment, um »Siehst du!« zu sagen, und Sonja schüttelte nur den Kopf.

»Auch nicht über deine Prinzessin?«

»Oh, danke für dein Mitgefühl«, sagte Alex.

»'tschuldige, war nicht so gemeint.«

Sonja verstummte, weil sie Bartmann hinter Alex auftauchen sah. Natürlich würde er jetzt wieder an eine Verschwörung glauben in seinem Verfolgungswahn.

»Na«, fing er auch prompt an, »heulen wir uns bei Miss Marple aus?«

Er wedelte den Zigarettenrauch aus seinem Dunstkreis. Alex wurde rot, aber Sonja schoß zurück, löwenmuttermäßig.

»Wir hassen Ungerechtigkeiten, so ist das nun mal. Mehr als in der Gegend herumzufahren und Gott und die Welt zu befragen, ist ja wohl nicht drin. Wenn man keine Spur hat…«

»Keine Spur? Das sehe ich anders.«

Ohne weiteren Kommentar klatschte er eine weitere Loseblatt-Sammlung auf den Tisch, drehte sich auf dem Absatz um in dem Gefühl, einen starken Abgang zu haben, wie immer.

Sonja und Alex verzogen das Gesicht gleichzeitig. Und als Bartmann sich noch einmal umdrehte, sah er in zwei Grimassen, die eindeutig waren. Er räusperte sich und sagte mit einem Blick auf die Blätter, die er auf den Schreibtisch geworfen hatte:

»Vielleicht versuchen Sie's noch mal, ehe Sie in Tränen ausbrechen wegen der Ungerechtigkeit der Welt. Sie haben ja noch eine Chance. Gott sei Dank ist da ja nicht nur einer verschwunden, sondern inzwischen eine ganze Garnison. Das sollte es Ihnen doch leichter machen! Und so grausam bin ich nicht, ich wäre ja schon froh, wenn sie nur einen finden würden. In diesem Sinne...«

Sonja und Alex sahen sich an.

»Warte mal!« sagte sie zu Alex, »sieh dir das an!«

Alex trat neben sie und sah, worauf Sonja den Finger legte:... aus Welschbillig, zwanzig Kilometer nördlich von Trier gelegen...

»Das ist ja ganz was Neues. Warte! Hier! Wieder ein Athlet, aber wesentlich jünger als die anderen, nur vierunddreißig, und hier aus der Gegend, na ja so ziemlich jedenfalls!«

»Könnte auch heißen, daß er mit den anderen Fällen nichts zu tun hat«, meinte Alex deprimiert.

»Aber ein Athlet!«

»Da brauch ich mir ja wohl keine Sorgen zu machen.«

Sonja reagierte nicht.

»Oder?«

»Was ist?« Sie sah hoch und runzelte die Stirn.

»Ich sagte, da brauch ich mir wohl keine Sorgen zu machen.«

»Wieso?«

»Mich wird er nicht wollen!«

»Stimmt«, sagte Sonja geistesabwesend.

Alex sah enttäuscht aus, als hätte er eine andere Antwort erwartet.

»Wir müssen nach Welschbillig, Alex. Je eher, desto besser, ich brauch endlich mal wieder ein Erfolgserlebnis, sonst zweifle ich an meiner Berufung!«

»Was soll ich denn sagen, das ist mein erster Fall draußen!«

»Na, dann sind wir ja ein tolles Team: die, die nicht mehr kann, und der, der es noch nicht kann. Herzlichen Glückwunsch!«

»He?«

»Aber Bartmann, dem Schwätzer, zeigen wir's, und wenn das unsere einzige Motivation ist!« fuhr Sonja unbeirrt fort. »Er weiß ja selbst nicht weiter. Von wegen Parallelen, die Ausnahme von den Parallelen! Darauf haben wir gewartet! Der Versager.«

Für Alex und für Bartmann würde sie sich noch mal aufrappeln wie in ihren besten Tagen.

Melanie drückte ihr diesen gelben Zettel in die Hand.

»War in der Post.«

»Menschen und Dinge« – Vernissage am Sonntag, den 15. Mai 1998, ab 11.00 Uhr in Idenheim, am Großbusch, Künstlerin: Muriel Nestler, Bildhauerin.

»Was soll das?« fragte Sonja verständnislos.

»Keine Ahnung«, sagte Melanie. Natürlich nicht.

»Haben wir etwa einen Kunstkenner in der Abteilung?«

»Nicht, daß ich wüßte.«

»Also nur Reklame, wirf sie einfach weg.«

»Aber sie war in einem Umschlag und die Adresse handgeschrieben.«

»Handgeschrieben?«

Melanie nickte, sah sich unsicher um.

»Wer von euch geht denn hin, Bartmann brauche ich ja wohl nicht zu fragen?« hörte sie Melanie fragen und sah schon im Hinausgehen, wie sie den Zettel an die Pinnwand neben die Tür heftete.

»Ich nicht«, Alex, voreilig.

»Ich nicht«, Stephan versonnen.

»Ich nicht«, Jörg nach langem Überlegen.

»Vielleicht Sie, Sonja«, Melanie zögerte und blickte Sonja nach.

»Oh ja, gerne«, sagte Sonja über die Schulter, laut genug, daß alle hochsahen.

Sie lächelten mitleidig, aber Sonja meinte es ernst. Sie liebte Ungereimtheiten, ganz gleich welcher Art. Und das hier war eine.

Alex fühlte sich zur Wegbeschreibung berufen, als sie auf der Kaiser-Wilhelm-Brücke die Mosel überquerten, aber was er sagte, sah sie auch selbst. Die Bitburger Straße, die B51, schlängelte sich sofort steil und gefährlich durch rote Felsen, zweispurig bergauf, nebenan Stau bergab. Die Stadt sofort vergessen, kein Haus mehr, nur noch links die Mariensäule und einen Moment lang die Mosel. Tiefer Wald, bis sie die Höhe erreichten, die den Blick freigab auf Wiesen und Obstbäume. Rechts geht's zum Berghotel Kockelsburg, links dem blauen Schild nach Richtung Luxemburg. Aber zuerst das Gewerbegebiet Trierweiler-Sirzenich, mit flachen, viereckigen Gebäuden, kein schöner Anblick, aber von irgendwas muß man ja leben, und der Blick rechts über die Eifelhöhen entschädigte.

Neuhaus zu klein für ein gelbes Ortsschild, links ließen sie Trierweiler liegen, rechts Kühe, Felder, Pferde, Rapsfelder, gelb, endlos. Es wurde immer flacher und immer gleichförmiger, eine Hochebene, kaum noch Wald, nur noch Acker und Weiden, und der Wind hier oben machte sich über die Halme her, jagte die Wolken kreuz und quer.

»Das Bitburger Gutland!« verkündete Alex feierlich.

»Das bedeutet…«

»Die Kornkammer der Südeifel.«

Nicht zu übersehen.

Dann Hohensonne mit der kleinen rosa Kirche, ein deplaziertes Hotel Elysee im Nichts, der Ort Windmühle hat keine, nur einen Sendeturm, einen Gasthof, eine Bushaltestelle, eine Tankstelle.

»Wir verlassen die B51«, sagte er und fuhr rechts Richtung Welschbillig hinunter ins Tal, kein Tal, nur die Niederung in der Hochebene.

Traktoren zogen einsam ihre Runden, hinterließen helle Streifen, kehrten zurück zu ihren einsamen Höfen.

Am Ortseingang, nach der kleinen Verkehrsinsel, fing Alex wieder an:

»Stadtrechte hat Welschbillig, ja, und das hier ist die Europäische Straße der ländlichen Kultur!«

»Was ist das?«

»Eine Auszeichnung.«

Wofür?

Saubere Vorgärten, gekehrte Bürgersteige, Ordnung.

Alex parkte neben der Kirche und einem mächtigen Torbau.

»Die Reste einer römischen Prunkvilla mit einem –«

»Ist schon gut!«

Auf der Kirchen- oder Prunkvillenmauer standen Geranien, wer gießt sie, gegenüber ein kleiner Brunnen mit vier Platanen. Bitburger Bierwagen standen noch vom letzten Fest oder fürs kommende.

Zwei grauhaarige Frauen hockten in Schürzen auf der Bank. Sie saßen seit zweitausend Jahren dort. Ein Mann schlappte am Straßenrand entlang, den Kopf gesenkt, zog eine Schüppe knirschend hinter sich her. Ein zerzauster Hund folgte ihm.

Die Burgstraße ging direkt rechts neben der Kirche leicht bergab, am Gemeindehaus vorbei. Das Haus der Bergers eines wie Hunderte anderer Häuser in der Eifel, älter, etwas schief durch den Verlauf der Straße, eng an den Nachbarn gebaut, niedrige Sprossenfenster, schmale Türen, Spitzengardinen und Nippes auf den Fensterbänken.

Eine ältere Frau in Kittelschürze und mit aschblonden Dauerwellen öffnete nach einer Weile nur einen Spaltbreit die Tür, die Leute hier sind eher verschlossen als weitherzig. Aber als sie die Ausweise sah, ließ sie sie herein.

Sie wurden in die Küche geführt, Blümchentapete, Eckbank, Eiche, Plastiktischdecke, Wellensittichkäfig und blankgewienerter Herd.

Frau Berger begann zu weinen, als sie sich setzte und die Hände im Schoß rang. Vor ihr auf dem Tisch stand ein Bild ihres Sohnes aus früheren Tagen, als er vielleicht zwanzig war, mit einem kleinen beigesteckten Foto im Kommunionanzug mit riesiger Kerze im Spitzentaschentuch.

»Frau Berger«, begann Sonja mit sanfter Stimme, während Alex neben ihr von einem Bein aufs andere zappelte »können Sie uns erzählen, was an dem Tag geschah, bevor Ihr Sohn verschwand?«

»Das ist jetzt zwei Tage her. Sascha war wie immer. Aber er kam nicht zurück…«

»Wo arbeitet er?«

»In Trier bei der Post. Er ist Briefträger. Wissen Sie, er ist so zuverlässig. Er kommt immer pünktlich von der Arbeit. Um vier Uhr ist er spätestens hier, und wenn nicht, dann ruft er an. Wissen Sie, er fängt früh an. Um drei Uhr morgens muß er raus. Ich mache ihm

Frühstück und Brote, und nach der Arbeit geht er oft zum Training…«

Sie schluchzte.

Alex öffnete immer wieder den Mund wie ein Goldfisch, aber Sonja kam ihm jedes Mal zuvor.

»Und wo trainiert er?«

»Auch in Trier. In so einem Studio. Ich kann mir den Namen nicht merken. Aber oben in seinem Zimmer finde ich bestimmt die Anschrift. Sascha geht schon seit Jahren dahin. Dreimal die Woche. Er ist ganz versessen darauf. Manchmal sag ich ja, Junge, was soll das, aber dann sagt er immer, laß mich mal. Er will selbst mal so ein Studio aufmachen. Hier hinter dem Haus, da stehen zwei Räume leer in einem Anbau, und er spart sein ganzes Geld dafür, aber jetzt…«

»Wir werden ihn finden, Frau Berger, da bin ich ganz sicher. Sie müssen uns nur etwas Zeit lassen. Und Sie dürfen den Mut nicht verlieren. Wir brauchen Sie noch. Erzählen Sie mir etwas über seine Freunde, ja?«

»Früher, als er noch hier zur Schule ging, da hatte er viele Freunde. Ja, aber seit er mit dem Training angefangen hat, hat er einfach keine Zeit mehr für sie. Ich sag ihm oft, kümmer dich um deine Freunde, du wirst sie eines Tages brauchen. Aber dann sagt er immer ›Wann denn, wann denn‹.«

»Hat er eine Freundin?«

»Gehabt, ja, die Veronika von den Schusters. Sind jahrelang zusammen ausgegangen. Aber wenn er doch nie Zeit hat, da hat sie einen anderen gefunden. Aber ich glaube, er hat eine Neue in Trier. Er hat mal so was gesagt. Noch nichts Festes. Aber er hat sich mit ihr schon mal getroffen.«

»Und wie heißt sie?«

»Oh, das weiß ich nicht. Das hat er nicht gesagt. Oder doch…?«

Frau Berger gab sich redlich Mühe.

»Ist Ihnen denn irgend etwas aufgefallen in letzter Zeit? War er irgendwie anders?«

»Nein. Er war wie immer. Wirklich. Wenn ich doch nur wüßte…«

Sonja versuchte, sie zu beruhigen.

Draußen vor der Tür beschwerte sich Alex, daß er auch gern mal was gesagt hätte, aber sie zuckte nur mit den Achseln.

Zum Trost schickte Sonja ihn in den Frisiersalon Barz, in die Bäckerei Schmitz, in die Sparkasse, sogar ins Gasthaus Mohr, alle an der Hauptstraße, um den kleinen Brunnen versammelt.

Er wieselte los, die Witterung in der Nase, der Spürhund, übereifrig.

In der Zwischenzeit setzte sie sich auf die Mauer dieser Prunkvilla, zündete sich eine Zigarette an, wartete auf ihn und sah sich um.

Die einzige Verbindung zur Außenwelt waren diese armselige Busverbindung hier vor ihr und der Fernseher, auf den Dächern reihte sich Schüssel an Schüssel, wie auf einer Radarstation.

Ihr Blick fiel auf den Fahrplan des Busses, unter dem ein kleiner gelber Zettel klebte. Sie beugte sich vor, um ihn lesen zu können:

»Menschen und Dinge« – Vernissage, am Sonntag, den 15. Mai 1998, ab 11.00 Uhr in Idenheim, am Großbusch, Künstlerin: Muriel Nestler, Bildhauerin.

Die Ärmste, was hatte sie bloß in diese Kulturwüste verschlagen? Platz und Ruhe würde sie hier haben, Platz und Ruhe, das einzige, was es hier wirklich im Überfluß gab.

Und sie sah rote Fingernägel die Nadel durch den gelben Zettel stechen. Sie glaubte an Zufälle, also in der Tiefe ihres Herzens glaubte sie, daß Zufälle keine waren. Es hätte dieser Erinnerung nicht bedurft, sie wäre auch ohne hingegangen. Und ob sie dorthin gehen würde. Jetzt erst recht. Gott schließt nie eine Tür, bevor er nicht eine andere öffnet. Auch wenn es nicht Gott war …

Sie würde mit Jerome einen Ausflug machen, er hatte es verdient, er hatte sich klaglos ihr Gejammer angehört in den letzten Wochen.

Alex ließ sich wortlos neben sie auf die Mauer fallen. Sie wartete, daß auch er … aber natürlich übersah er den Zettel, er hatte auch der Einladung im Kommissariat keine Beachtung geschenkt. Sie gab ihm eine Chance – er sollte sich hinterher nicht beschweren können–, und starrte eine Weile unverwandt auf den hölzernen Pfosten, er hätte ihrem Blick folgen können, aber er tat es nicht, und mehr konnte sie nicht für ihn tun. Er hätte sie nur ausgelacht, wenn sie ihm einen Hinweis gegeben hätte, sie, mit ihren Ideen und Phantasien einer alternden Kommissarin, er hätte ihnen keine Bedeutung geschenkt.

»Und?« fragte Sonja.

»So ein netter Junge, so ein gutaussehender noch dazu. Alle lieben ihn.«

»Die Sorte ist es immer!«

»Eh?... Fahren wir zurück? Zu Fitneß Kaufmann.«

»Wohin?«

»Na, in dieses Fitneßstudio, in dem Sascha Berger trainiert.«

»Klar, Herr Kommissar. Gehen wir systematisch vor. Bartmann wäre stolz auf dich.«

»Oder gehen wir erst Kaffee trinken?«

»Gibt's hier so was?«

»Ja, drüben im Gasthaus Mohr. Bestimmt.«

»Dann los!«

Alex war schon unterwegs.

»Sie geht mir nicht aus dem Kopf, weißt du?« Alex rührte gedankenverloren in seinem Kaffee ohne Zucker und ohne Milch.

»Wer? Frau Berger?«

»Nein!« Ein strafender Blick.

Er hing wie ein Häufchen Elend über seiner Tasse und beobachtete die schwarzen Wellen, die sein Löffel hinterließ.

Sonja stach heißhungrig in Käsekuchen und ließ ihn erst einmal in Ruhe. Mit Verliebten kannte sie sich nicht mehr so gut aus. Sollte man sie leiden lassen oder trösten?

Als er aber immer weiter schwieg, mußte sie schließlich trotz vollem Mund mal nachbohren.

»Deine Prinzessin, stimmt's?«

Er nickte.

»Tja, mein Lieber. Was machen wir denn da? Vielleicht sollten wir auf die Suche nach ihr gehen, statt unsere Supermänner zu jagen. Wir sind doch Profis, was meinst du?«

»Amüsier dich ruhig auf meine Kosten!«

»Aber nein, ich nehme dich ernst, glaub mir, zumindest ein

bißchen. Ich versteh zwar nicht, warum es ausgerechnet die sein muß, aber wenn du es sagst. Liebe ist eben unberechenbar.«

»Weißt du«, er sah hoch, und seine Augen hatten wieder diesen schwärmerischen Glanz, mondsüchtig, »es war wie ein Blitz, der eingeschlagen hat!«

»Ich weiß«, sagte Sonja und schob sich den Teigkanten in den Mund, »ich war dabei.«

»Aber sie zu finden, ist unmöglich...«, jammerte er.

»Ach Quatsch, wenn sie für dich bestimmt ist, wirst du sie auch finden. Du mußt nur dran glauben! Gottes Hand an der Tempelwand!«

Sie beschwor Alex' fragenden Blick.

»Komm, laß uns eine rauchen, das vertreibt die düsteren Gedanken.«

»Ich rauche nicht«, sagte Alex abweisend.

»Oh, du Edler, Selbstbeherrschter, fernab aller Versuchungen und Süchte, du, mein Vorbild in der Gosse, rein und verklärt...«

Er sah sich verlegen um, aber es waren außer ihnen keine Gäste da. Sonja blies genüßlich den Rauch mit spitzem Mund in seine Richtung.

Sie fühlte sich seltsam beschwingt und wach mit dieser Einladung im Kopf.

Zurück in Trier puzzelten sie weiter: Alex blieb bei seinem Tempo, und sie hetzte atemlos hinterher.

Er trabte durchs Fitneß Kaufmann auf der Karl-Marx-Straße, fünf große Fenster zwischen Erotic-Shop und Tagesbar kurz vor der Römerbrücke, mit Sonja im Schlepptau, den Schweißgeruch in der Nase, zwischen den Foltergeräten, mit neonfarbenen, ölglänzenden, stöhnenden, waren es Menschen?, alle zusammen vielleicht so alt wie sie, dachte Sonja, ein Spießrutenlauf. Sie sah herunter auf sie und ihre mitleidigen Blicke. Hierhin würde sie sich niemals verirren, wie sehr sich auch ihre Figur jemals ändern würde, so sehr könnte sie gar nicht auseinandergehen.

Durch eine Glaswand sah sie eine Gruppe junger Frauen im gleichen Rhythmus ihrem Aufpeitscher und einer pochenden Musik folgen, atemlos, schwitzend, aber mit einem seligen Lächeln auf den Lippen, willenlos, und sie dachte an die Sekte, die sie in Köln ausgehoben hatte.

Der Trainer pausierte in einer kleinen Bar, in der es Frucht- und Fitneßgetränke gab, kein Alkohol, keine Zigaretten, natürlich nicht, sonnenbankbraun, beängstigend muskulös und breit, aber gutmütig wie ein Fleischerhund.

Neben ihm eine hübsche, zierliche Blondine, die immer nur nickte, während er auf sie einredete.

Alex stellte sie vor und legte sofort los.

»Ja, Sascha Berger, einer unserer Trainer. Ich vermisse ihn.«

»Seine Mutter auch. Seit zwei Tagen. Was wissen Sie von ihm?«

»Nicht viel. Er lebt bei seiner Mutter. Hat vor kurzem seinen Trainerschein gemacht. Sehr zurückhaltend. Sehr fleißig. Sehr beliebt.«

»Hat er Kontakt zu Kunden, oder wie nennen sie das hier?« fragte Alex eifrig, während Sonja neben ihm zu schrumpfen schien.

»Nicht Sascha. Er ist nur aufs Trainieren aus. Nicht wie andere, die meinen, unsere Kundinnen seien weniger zum Sport als zur Partnersuche hier. Nicht Sascha.«

»Wieso?«

»Sascha ist ehrgeizig, wissen Sie. Er steht kurz davor, ein eigenes Studio aufzubauen, zu Hause, glaube ich, in Welschbillig. Aber wie gesagt, das ist schon alles, was ich von ihm weiß.«

»Ist er denn mal abgeholt worden, oder hat er sich hier mit jemandem getroffen?«

Der Trainer dachte eine Weile angestrengt nach, aber dann schüttelte er den Kopf.

»Nicht, daß ich wüßte. Er verläßt nach dem Duschen immer sofort das Studio, schließlich hat er einen weiten Heimweg.«

»Und nie in die Kneipe oder ins Restaurant nach dem Training?«

Der Trainer lachte laut auf, köstlich amüsiert.

»Nein, nein. Wir nehmen unseren Job ernst. Kein Alkohol. Vitamin- und Kraftdrinks gibt's hier, für Trainer umsonst. Keine Restaurants. Wir ernähren uns streng wissenschaftlich.«

»Wissenschaftlich?«

»Na ja, nach den neuesten Erkenntnissen der Sportmedizin. Jägerschnitzel sind tabu!« Und er begann, ihnen einen Vortrag über eiweißreiche, vitaminreiche und kohlenhydratarme Ernährung zu halten, daß Sonja das Wasser im Mund zusammenlief.

»Also«, unterbrach Alex ihn ungeduldig »er fährt immer sofort nach Hause?«

»Das möchte ich ihm geraten haben!«

Der Trainer war etwas ungnädig über das Desinteresse an seinen hochkarätigen Ausführungen, stand auf zu imposanter Größe, zog seine ausgebeulten Jogginghosen hoch, schüttelte die Beine aus und ließ Alex und Sonja mit den Worten stehen: »Ich muß los. Ciao!«

Sie folgte Alex durch das Gewirr von Metall und Leder, Gummimatten und Hanteln, und als sie endlich draußen standen, seufzte er:

»Kein roter Faden weit und breit, nicht einmal rosa! Es ist zum Verrücktwerden!«

Da tauchte plötzlich die kleine nickende Blonde neben ihnen auf und druckste herum.

»Es ist nicht ganz so, wie Jonny, also der Trainer, sagt. Sascha und ich haben uns manchmal nach Trainingsschluß getroffen. Aber Jonny weiß nichts davon. Er ist ..«, sie zögerte und sah von Sonja zu Alex. Aber Alex ermunterte sie, weiterzureden.

»Ich bin mit ihm befreundet, mit Jonny, und er ist schrecklich eifersüchtig. Und wenn er wüßte, daß Sascha und ich ...«

»Ja?« Alex wurde neugierig und warf Sonja einen vielsagenden Blick zu.

»Er wäre stinksauer und würde Sascha wahrscheinlich rausschmeißen. Aber Sascha wird sowieso bald gehen, wenn er das Geld zusammenhat, vielleicht noch ein paar Monate.«

»Und Sie?«

»Er hat mich gefragt, ob ich mitkommen würde.«

»Und?«

»Ich weiß nicht. Ich habe mich noch nicht entschieden. Wir wollten drüber reden, an dem Tag, als er verschwand.«

»Tun Sie es nicht«, sagte Sonja plötzlich zusammenhanglos. Und Alex und die Blonde sahen sie verdutzt an.

»Ich mein ja nur«, entschuldigte sie sich lahm, »wir waren dort, ist ein trostloses Kaff. Sie würden es bereuen.«

Alex schüttelte den Kopf und nahm die Spur wieder auf:

»Hatten Sie sich verabredet an dem Abend?«

»Ja. Wir wollten uns nach dem Training im ›Abwärts‹ treffen, da gehen wir manchmal hin, ein Pub in der Judengasse. Aber Jonny ließ mich nicht gehen, und als ich schließlich eine Stunde später dort auftauchte, war er schon weg. Ich verstehe das nicht.«

Sie sah verzweifelt aus, und Sonja nahm ihr das ab.

»Er ist sonst sicher sehr zuverlässig«, übernahm sie das Verhör.

»Oh ja, unbedingt. Er würde mich nie…«

»Vielleicht ist er nicht freiwillig gegangen.«

»Wie meinen Sie das?«

»Ganz einfach, vielleicht mußte er.«

Die Blonde sah erschrocken von einem zum anderen.

»Wir wissen es nicht. Noch nicht.«

»Ich verstehe nicht.«

»Wir auch nicht.«

Sonja wollte zurück zum Auto und endlich Schluß machen mit dieser sinnlosen Irrfahrt, aber Alex hatte Blut geleckt.

»Wir müssen noch ins ›Abwärts‹, Sonja, ehrlich. Ganz so harmlos war er wohl doch nicht, wenn er diesem Jonny versucht hat, die Freundin auszuspannen.«

»Ja, klar, aber nicht heute.«

Es kam wirklich nicht auf einen Tag an, solange sie keinen Plan hatten.

»Doch, heute!«

»Hör mal, du Dauerbrenner, das war ein langer Tag. Zu lang für meinen Geschmack. Wir haben die halbe Eifel durchkämmt und zum Schluß diese Folterküche und jetzt noch ins ›Abwärts‹, ich kann nicht mehr. Es geht auch so abwärts genug mit uns.«

»Sonja, nur das eine noch. Ich verspreche es dir. Das ist nur ein Katzensprung von hier. Wir sind einmal so schön dran, ja?«

Es war sinnlos, ihn zu bremsen. Er wollte Siege einfahren, für Bartmann, sie auch, ja, aber nicht so, so würde es nicht funktionieren.

»Schön dran? Na, schön dran nenne ich was anderes.«

»Ich verspreche es!«

»Du versprichst dich oft!«

Es war alles andere als ein Katzensprung zum ›Abwärts‹. Am Moselufer entlang übers Krahnenufer.

»Sieh mal, links, zwei uralte Hebekräne, Mittelalter mit vollständig erhaltener Mechanik, und rechts das Krahnenviertel, hier muß früher, als noch die Römer das Sagen hatten, der Hafen gewesen sein.«

»Aha«, sagte Sonja gähnend.

Dann bogen sie rechts in die Ausoniusstraße ein, nur wenige Meter von der Lindenstraße, mäkelte Sonja, mein Sofa, die Deutschherrenstraße entlang, am Pferdemarkt vorbei, schließlich setzte er das Auto vor die Volksbank am Stockplatz. Er hetzte am Palais vorbei in die Judengasse, autofreie Hinterhofidylle mit Kopfsteinpflaster, in der sich eine Kneipe an die andere reiht, das ›Dive‹, die ›Galerie‹, die ›Pumpe‹, die ›Schickeria‹ und mittendrin das ›Abwärts‹.

Im ›Abwärts‹ stürmte er ohne zu zögern bis zur Theke und hielt dem Wirt Saschas Foto unter die Nase.

Die Hände im Spülwasser, die Ärmel hochgekrempelt, schüttelte er den Kopf und schrie gegen die wummernde Musik und das Stimmengewirr an:

»Ne, kann mich nicht erinnern, nie gesehen. Aber Sie sehen ja selbst. Hier ist die Hölle los.«

»Aber er war wohl öfter hier, haben wir gehört!«

»Mag ja sein. Freut mich auch zu hören. Aber trotzdem ... Ich kann mir kein Gesicht merken, wie auch?«

»Ein mühseliges Geschäft«, gab Alex auf dem Rückweg zu.

»Ach, schon gemerkt?«

Alex war enttäuscht, sein Einsatz hatte nichts gebracht.

»Wir haben doch alles sauber und ordentlich abgegrast, was zu einer routinierten Befragung gehört. Aber warum kommt nichts dabei heraus, was sich irgendwie verwenden läßt? Verdammt, wo ist dieser blödsinnige rote Faden? Es muß einen geben! Wir sind schon wieder in einer Sackgasse gelandet. Wir stehen vor einer Wand!« sagte Alex.

»Sackgasse, dead end, cul-de-sac!« meinte Sonja frohgemut.

Er sah sie skeptisch von der Seite an, wunderte sich über ihre gute Laune, zu der er keinen Anlaß sah.

Kamillentee und Roggenbrötchen

»Du, Jerome, was hältst du von einem Ausflug aufs Land?« fragte sie ihn am nächsten Morgen beim Frühstück, und er ließ die Zeitung sinken.

»In die Provence?«

»Nein, aufs Land, irgendwo in der Eifel.«

»Du und aufs Land! Was ist geschehen?«

Sie war eine stubenhockende Grüblerin, es mußte etwas Besonderes sein, was sie hinauszog.

»Gestern in Welschbillig bei unseren Ermittlungen habe ich eine Einladung zu einer Vernissage entdeckt. Eine Bildhauerin. Sie stellt in Idenheim aus, vielleicht mal was anderes als ›Die Sendung mit der Maus‹.«

Er überging die Anspielung auf seine sonntagmorgendlichen Fernsehgenüsse. Kindersendungen waren sein Lieblingsprogramm.

»Du und Kunst! Was ist geschehen?«

Sie war nicht gerade kunstbesessen, nie gewesen, da mußten schon andere Dinge passieren, um sie aus ihrer Höhle zu locken.

»Na ja, sie hat uns schließlich eingeladen.«

»Uns, dich und mich?«

»Quatsch, die Polizei!«

»Die Polizei?«

»Ist doch komisch, oder?«

»Dein Bartmann wird ein heimlicher Akt-Fetischist sein, ein Sexist, der seine Leidenschaft mit Kunst tarnt, solche Typen haben immer eine Leiche im Keller.«

Sie sah ihn mißtrauisch an.

»Vielleicht, aber kann ich mir nicht vorstellen.«

»Was glaubst du denn?«

Sie zuckte die Schultern.

»Und was habt ihr sonst noch herausgefunden, dein ehrgeiziger junger Freund und du?«

»Was wohl, nichts natürlich, Jerome, nur diese Vernissage am nächsten Sonntag.«

»Oui, très bon, laß uns ein Picknick machen!«

Diese Franzosen mußten aus jedem Ausflug gleich eine Freßorgie machen! Aber der Gedanke gefiel ihr.

Früher als Kind war sie sonntags von ihren Eltern regelmäßig auf weite, langweilige Wanderungen geschleppt worden, mit Broten aus dem Rucksack, Tee aus der Wärmekanne und Wanderkarten mit nicht enden wollenden Windungen bergauf, bergab. Sie war murrend hinterher geschlappt, mit hängenden Schultern, den Blick auf die Uhr, in der Hoffnung, daß es bald vorbei sein würde und sie sich nachmittags noch mit ihren Freunden treffen konnte.

Aber mit Jerome würde ihr das nicht passieren. Er würde seine karierte Wolldecke höchstens bis zur nächsten Lichtung schleppen und dort nach ein paar Gläsern Rotwein, zwei bis drei Grillhähnchen und einem riesigen Salat, ihren Kopf an seiner Schulter, friedlich den Tag vergehen lassen.

»Und wo finden wir dieses Iden…?«

»Idenheim, keine Ahnung, laß uns deine Karten studieren.«

Jerome hatte sich mit Karten bestückt, natürlich, als sie sich in Trier niederließen, das würde er nicht dem Zufall überlassen.

Er entfaltete ein Netzwerk von Wegen, Flüssen, Bergen, Namen und Symbolen, breitete es über den Hügeln ihres ungemachten Bettes aus und kniete davor. Seine Finger wanderten grüne, gelbe, rote Linien auf und ab, erklommen Anhöhen, folgten Flüssen in den Tälern bis zu ihren Quellen, Namen murmelnd, die seine französische Zunge nur mühsam entflechten konnte. Er verfing sich im archäologischen Rundwanderweg bei Batzweiler, dem Gesteinslehrpfad bei Olewig und in den Brandgräbern von Irrel.

»Was bedeuten diese Vasen überall?« unterbrach sie seinen Ausflug hinter ihm stehend.

»Archäologische Grabungsstätten«, sagte er ungnädig, als sei dies eine Selbstverständlichkeit und Basiswissen. Sie schüttelte den Kopf. Hatten die Leute nichts Besseres zu tun?

»Voilà! Hier haben wir es, Idesheim!« rief er jubelnd wie Christoph Kolumbus, als endlich Land in Sicht kam.

Und nur zwei Kilometer nördlich darüber, hinter einer weiteren Vase, lag Idenheim.

»Sieh!« berichtigte sie ihn kommentarlos, auch Kolumbus hatte Amerika für Indien gehalten. Kein Problem.

Bis Welschbillig spielte diesmal Sonja die Kundige, von wegen Mariensäule, Kornkammer und Hochebene und so, und Jerome war beeindruckt.

Aber in Welschbillig, weil sie ihn von dieser römischen Prunkvilla ablenken wollte, verpaßten sie die Straße nach Idesheim und Idenheim, und so landeten sie wieder auf der B51 in Helenenberg, ein barockes Kloster in der Einöde, nein, eine Schule, Don Bosco, Salesianer Jugendheim Eduardisstift, las sie im Vorbeifahren, aus dem Nichts, mitten auf dem Acker.

»Die Salesianer erziehen Schwer-Erziehbare.«

Jerome nickte beifällig.

»Na ja, ein paar von den armen Kerlen, ich meine die Jugendlichen, tauchen schon mal unter...«

Von Helenenberg ging es dann schnurgerade, eine Rennstrecke, weder Kurven noch Dörfer halten die Trierer und Bitburger vom Tempo ab, bis Meilbrück, nur eine FINA-Tankstelle, ein Gasthaus, ein Café, alles in einer Hand, Familie Schilling. Das Gasthaus war zu, auch der kleine Biergarten im Hinterhof, geschlossene Gesellschaft, eine Hochzeit, aber im Café in der Tankstelle gab's Kuchen. Auch Kamillentee und trockene Roggenbrötchen für Sonja, der übel war von Jeromes Kurverei.

Aber es war Ausflugswetter, warm und sonnig genug, und von Meilbrück rechts ab waren es nur noch zwei Kilometer bis Idenheim, und wieder Felder, ein Hof auf der Linken, einer auf der Rechten, die kleine Brücke über den Eulbach kurz vor dem Ortsschild.

»Was für ein Baum!« rief Sonja. »Eine Linde!«

»Eine Eiche!«

Er hing wie eine riesengroße Kaffeemütze über den Tischen einer Gastwirtschaft, dicht und ebenmäßig.

Die Wirtin stand in der Tür, die Hände in die breiten Hüften gestützt, als Jerome ausstieg und nach dem Weg fragte und natürlich nach dem Baum.

»Ein Nußbaum, Walnuß, achtzig Jahre alt«, sagte sie freundlich.

»Siehst du!« sagte Jerome.

Die steile Straße hinunter am Gasthaus vorbei sollten sie nehmen, und nach ein paar Metern links Richtung Auw und dann würden sie es schon sehen, es gäbe nur zwei Höfe dort, rechts den von Muriel Nestler und gegenüber ein paar Meter am Waldrand den von den Klamps.

Und tatsächlich standen rechts Autos, aufgereiht, halb in der Böschung geparkt, mehr als eine Handvoll, auf beiden Seiten, so daß sie Mühe hatten, weiterzufahren. Jerome setzte den Polo vor den letzten Wagen, und sie gingen ein paar Meter zurück in den Feldweg hinein.

Der Waldstreifen hatte versteckt, was sie nun sahen.

»Nicht schlecht«, sagte er und nickte anerkennend.

»Für so ein Haus braucht man –«, begann Sonja,

»Vor allem Geld, viel Geld.«

Ein Traum von einem Bauernhaus, »Schöner Wohnen« entsprungen, weiß gekalkt, das Dach neu gedeckt, tief hinabgezogen über Fensterläden in frischem Blau, Dachgauben mit kleinen Sprossenfenstern, eine grüne Bank neben der Eichentür, ein Bauerngarten, bunt und mit diesem absichtlichen Schuß Verwilderung, die Scheune in dunklem, edlem Holz, daneben die Ausstellung, Menschentrauben.

Dann stand Jerome in der Mitte des ›Kreis der Dinge‹ und bewunderte Lichteinfall, Bezug der Figuren zueinander, Ausrichtung und Größenverhältnis. Er erging sich in fachmännischen Kommentaren, sein drittes Glas Sekt in der einen Hand, die andere in der Tasche seiner schwarzen überweiten Hose, in seinem weißen Hemd mit den Plusterärmeln, der schwarzen Weste und den dunklen Locken. Sonja fand ihn hinreißend, wenn er bloß den Mund gehalten hätte, aber da die anderen Besucher offensichtlich noch weniger von moderner Kunst verstanden als er selbst, zog er bald eine kleine Schar in seinen Bann und spielte den Experten. Er sonnte sich in seiner Wirkung, und Sonja wollte es ihm nicht verderben und folgte einer anderen Gruppe Besucher ins Atelier.

Dort stand am Zeichentisch, bereit für Auskünfte und Erklärungen, sie, die Künstlerin und Hausherrin und wenn das nicht Alex' Fee aus der Trierer Kneipe war, dann hatte sie Halluzinationen.

Gebannt ließ Sonja den Neugierigen den Vortritt und blieb in einigen Metern Entfernung stehen. Das ist also Muriel Nestler, dachte sie fassungslos, schmal in Schwarz, witwenschwarz, umrahmt von feuerroten Locken, größer, als sie geahnt hatte, aber trotzdem zart und zerbrechlich, Schneewittchen-Teint. Die wenigen Bewegungen langsam und bedächtig, die Stimme dunkel und leise, betörend.

Sie wußte nicht mehr, wie lange sie da gestanden hatte, aber plötzlich war das Atelier leer, und Muriel Nestler sah sie feierlich an, ohne das Wort an sie zu richten, lächelte und legte den Kopf ein klein wenig schief.

»Gefällt es Ihnen?« fragte sie endlich.

»Oh ja, es ist wunderbar hier.«

»Das freut mich«, antwortete sie und kam mit langsamen Schritten auf sie zu und gab ihr die Hand, ein weicher, knochenloser Händedruck.

Als Sonja auf die schmale weiße Hand mit den spitzen dünnen Fingern, durchsichtigen Nägeln in ihrer blickte, wurde ihr schlagartig etwas klar.

Das waren keine Handwerkerhände, das waren Feenhände.

Diese Hände würden an einem Wattebausch zerbrechen, eine Plastikgabel würde ihnen entgleiten, sie würden keinen Meißel halten können, vielleicht eine Sticknadel, keinen Hammer, vielleicht eine Luftblase, keinen Stein, vielleicht einen Diamanten.

Nicht breite, schwielige Handwerkerhände, über deren Rücken sich Adern, Muskeln und Sehnen ziehen wie Wurzelwerk, die Felsbrocken, Schränke und Menschen mit einem Griff heben.

Sie konnte den Blick nicht lösen, war gefangen von Rätselhaftigkeit, erstarrt in Verständnislosigkeit. Aber als sie hochsah in diese viel zu blauen Augen, dachte sie auch an das Meer und den Himmel darüber. Sie konnte Alex verstehen und versäumte, sich für die Einladung zu bedanken.

Muriel begann mit dieser tiefen, weichen Stimme von ihrer Arbeit zu erzählen, während sie beide in Richtung Garten schlenderten. Als sie in der Tür standen und die Besucher beobachteten, die im hellen Sonnenlicht den Garten mehr oder weniger interessiert abschritten, baute sich auf einmal Jerome vor ihnen auf.

»Oh, là, là!«

Und Sonja sah in seinen Augen ein verdächtiges Blitzen. Sie kannte diesen Blick. So hatte er sie angesehen, als sie sich das erste Mal trafen im Römisch-Germanischen Museum, das sie aus beruflichen Gründen aufsuchen mußte, und er sie unter all den Besuchern, den fachmännisch gelangweilten, entdeckte, und manchmal sah er sie heute noch so an.

»Das ist Jerome, mein ›Lebensabschnittsgefährte‹, wie man so schön sagt«, stellte Sonja ihn vor und drehte sich zu Muriel, »und das ist die Künstlerin, Muriel Nestler, deren Werk du soeben so prachtvoll dem einfachen Bergvolk nahegebracht hast.«

Jerome rümpfte die Nase über ihre Kritik, aber schenkte Muriel sein Lächeln, von dem Sonja dachte, daß es jede Frau schwach werden lassen mußte. Sie wußte, daß er das Wort »Lebensabschnittsgefährte« haßte, nicht nur, weil er es kaum ohne mehrere Anläufe aussprechen konnte, sondern weil es den Kern nicht trifft, wie er zu sagen pflegte. Schließlich waren sie seit über zehn Jahren »zusammen«, ziemlich lang für einen Abschnitt.

»Meine Leben ... schnittsgefährtin ist Pragmatikerin, voilà, kein Platz für Kunst, Geschichte, Musik, Phantasie, Zeit ..., ganz offensichtlich im Gegensatz zu Ihnen, Madame!«

Muriel strahlte ihn an und schenkte Sonja keine weitere Aufmerksamkeit. Das war es, was sie hören wollte.

»Und Sie sind der Missionar, nicht wahr, Sie werden sie bekehren?«

»Ich arbeite daran, Madame, ohne Unterlaß. Aber sie ist ein grand problème!«

Er hatte Muriels Erzählungen über ihre Arbeit unterbrochen,

und Sonja konnte den Faden nicht wieder aufnehmen, sie wußte nicht wie. Und Jerome ließ sie nicht mehr allein. Er konnte seine Begeisterung nicht zügeln und schritt immer wieder das Gelände ab, mit großen, tollkühnen Schritten und aufgeplustertem Hemd, der Künstlerin huldigend.

Muriel folgte ihm lächelnd und genoß seine Schmeicheleien.

Sonja wurde ungeduldig, es war nicht gerade die Erfüllung, unbeachtet hinter Muriel und Jerome herzustapfen, überflüssig wie die unverheiratete Tante, außerdem wurde sie hungrig. Und Jerome hatte nichts Besseres zu tun, als Muriel großherzig zu ihrem Picknick einzuladen. Als sie dies ablehnte – natürlich konnte sie ihre Vernissage nicht so einfach sich selbst überlassen –, war Sonja dankbar und warf ihm einen bösen Blick zu.

Muriel Nestler hielt noch Jeromes Hand, als Sonja schon zum Wagen ging, und sie hörte sie ernst und leise fragen:

»Kommen Sie wieder?«

»Gern, wenn ich darf«, sagte er, und seine schwarzen Locken hingen nah an ihren roten.

»Sicher, jederzeit, auch wenn keine Vernissage stattfindet. Ich bin ein bißchen einsam hier draußen, es gibt nur wenige hier, mit denen man...«, sie zögerte, und Jerome nickte verständnisvoll.

Jerome warf das letzte Hühnerbein hinter sich ins Gebüsch und spülte mit Rotwein nach, ließ sich auf den Rücken fallen und schloß die Augen. »Komm her, Leben...schnittsgefährtin, liebe mich!«

»Jerome!« Sonjas Stimme war vorwurfsvoll. »Doch nicht hier!«

»Warum nicht?« Er streckte die Arme nach ihr aus, ohne die Augen zu öffnen. »Wegen der Kühe?« Seine Hände suchten blind nach ihr.

»Quatsch. Aber ich muß mit dir reden.«

»Typisch!« Jerome tat resigniert, »und worüber haben wir uns jetzt wieder aufgeregt?«

Sie schwiegen beide einen Moment, Sonja, weil sie nicht wußte, wo sie anfangen sollte, und Jerome, weil er den Augenblick genoß.

»Wie findest du diese Muriel?« fragte sie schließlich zögernd.

»Belle! Eine wahre Schönheit!«

»Ja, das ist sie.«

Sie musterte ihn.

»Und Augen hat sie, blau wie das Wasser der Maare, mon Dieu!«

Das hatte Alex auch gesagt.

»Und sie weiß es.«

»Was?«

»Sie kennt ihre Wirkung auf Männer.«

»Na ja ... sie ist mir ein wenig zu cool.«

»Also, wenn du unter cool verstehst, daß sie einem das Blut in den Adern gefrieren läßt, ja ... cool.«

»Also du auch ...!« seufzte sie und dachte »Männer!«

»Ach komm, spiel nicht die Eifersüchtige. Sie ist eine tolle Frau!«

»Vielleicht bin ich wirklich eifersüchtig. Wie einfach das Leben sein muß, wenn man so aussieht wie sie. Sie braucht nur dazustehen, und alle lieben sie. Unsereins schuftet sich zu Tode, und keiner sieht hin.«

Jerome grinste, ohne die Augen zu öffnen.

»Immerhin hat sie mich eingeladen, noch mal wiederzukommen, très charmant!«

»Très charmant. In der Tat. Mich nicht.« sagte Sonja schnippisch. »Vielleicht hab ich sie nicht genug bewundert.«

»Die Schöne und das Biest. Merde! Alles mußt du in den Dreck ziehen.«

»Und, wirst du sie besuchen?« hakte Sonja nach.

»Soll ich, chérie?«

Seine Stimme wurde leise, und wenn sie sich nicht beeilte, wäre er eingeschlafen. Die Sonne auf seinem Schädel und der Wein dort drinnen machten ihn träge.

»Hast du ihre Hände gesehen?« fragte Sonja, weil sie ihr nicht mehr aus dem Kopf gingen.

»Hände? Nicht direkt ... ich habe ihre Haare, ihre Augen, ihren Mund, ihren Körper gesehen ...«

Sonja seufzte. Natürlich, Hände sind nicht unbedingt das erste, worauf Männer bei einer Frau achten.

»Das sind nicht die Hände einer Bildhauerin, Jerome.«

»Keine Ahnung. Was für Hände haben Bildhauer?«

»Na, jedenfalls keine Puppenhände!«

Er grinste.

»Hör mal, sie kann diese lebensgroßen Figuren überhaupt nicht gemacht haben, denk doch mal nach. Hier stimmt was nicht. Weißt du, was ich glaube? Sie gibt sich nur als Künstlerin aus. Sie läßt diese Figuren irgendwo machen und verkauft sie dann als ihre eigenen, unter ihrem Namen. Das ist Fälschung! Betrug!«

Sie hielt eine flammende Rede, und Jerome nickte nur.

»Na und?«

»Na und?! Das werde ich nicht zulassen!«

Nach einer Pause fuhr Sonja fort.

»Und mal abgesehen davon, was denkst du von ihr?«

»Alors! Was weiß ich!«

»Also, daß sie schön ist, reicht völlig aus, wenn ich das richtig verstehe. Absolut unwichtig, wie ihr Charakter ist, sie muß nur schön sein …«

Sie redete sich in Wut, und Jerome setzte sich schließlich auf.

»Attention, Sonja, du drehst mir das Wort im Mund herum. Wie kann ich wissen, wie sie ist, wenn ich sie nur ein einziges Mal gesehen habe?«

»Ach, das ist dir doch völlig egal!«

»Nein, das ist es nicht, und das weißt du. Mach mir keine Szene, ich fahr sowieso nicht hin! Jamais!«

Er ließ sich wieder auf den Rücken ins Gras fallen. Für ihn war die Diskussion beendet.

»Na ja, vielleicht irre ich mich auch«, murmelte Sonja und wollte einlenken, »ich bin immer skeptisch, wenn eine Frau so schön ist, daß alle Männer auf sie fliegen.«

Jerome brummte nur statt einer Antwort.

»Wenn du nicht fährst, vielleicht sollte ich sie dann besuchen …«

Jerome blinzelte aus einem Auge und verstand nicht.

»Ich dachte ja nur … es ist schön hier und friedlich.«

»Warum nicht, wenn ich in der Türkei bin.«

»Du fährst in die Türkei? Und wieso weiß ich davon nichts?«

»Moment mal, ich hab es dir erzählt, aber du hast wahrscheinlich mal wieder nicht zugehört, in Gedanken auf der Suche nach deinem Heiligen Gral, wie immer!«

Jerome seufzte anklagend.

Dagegen gab's nicht viel zu sagen. In letzter Zeit hatte sie ihm immer öfter mal nicht zugehört, ganz verstrickt in die Suche nach diesen Supermännern.

»Und für wie lange?«

»Für immer!«

»Jerome!«

»Für eine Woche, wie immer.«

Er verschwand mindestens dreimal im Jahr in die Türkei zu Ausgrabungen und Vorträgen. Sie hatte sich daran gewöhnt, diese paar Tage ganz für sich allein zu haben und ihn dann mit dem Staub aus Jahrtausenden wieder bei sich aufzunehmen, wie einen verlorenen Sohn. Immer dann, wenn sie genug vom Alleinsein hatte.

»Und warum willst du ausgerechnet hierher in diese Einöde?«

»Wie gesagt, es ist schön hier und friedlich, keine Autos, keine Abgase..«, sagte sie zögernd.

»Dann komm mit mir!«

»Ich kann mir jetzt unmöglich Urlaub nehmen, Bartmann würde mich zum Teufel jagen, und selbst wenn, ich hasse Flugzeuge, das weißt du. Und Hitze. Und Tempel. Und …«

»Und du hast wieder einmal deine Dosis Geheimnis gefunden, die du zum Leben brauchst! Endlich, du bist kaum zu ertragen, wenn du keiner Spur folgst. Ich hatte schon Angst, es würde nie wieder passieren.«

»Ich weiß nicht, was du meinst.«

Aber dieser gelbe Zettel und diese zerbrechlichen Hände hatten sich längst eingenistet in ihrem Kopf und Wurzeln geschlagen und würden sie nicht mehr loslassen.

»Aber ich! Es gibt eine Frage in deinem Kopf!«

»Es gibt Tausende, welche meinst du?«

Er nahm ihr Gesicht in seine Hände.

»Also, welche Gedanken hast du, sag schon?« fragte er.

»Oh, noch keine konkreten, aber es sind welche in Vorbereitung!«

»Einen Sou dafür!« sagte er und zog sie herunter zu sich.

Zweitausend Jahre Trier

Am nächsten Samstag streifte Sonja einen halben Tag ziellos in Trier umher. Es war die Zeit für Einkäufe in der Fußgängerzone. Familien mit quengelnden Kindern, Pärchen Arm in Arm, Schnäppchenjäger mit glänzenden Kaufaugen. Es war Juni und Altstadtfest, und Popcorn- und Würstchenduft hing in den Arkaden der Porta Nigra, Verkaufsstände versperrten den Blick zur Steipe und dem roten Haus, am Marktbrunnen gab's Eifelbrände zur Verkostung, ade ihr Tugenden, Touristen, rucksackbewehrt, kamerabehangen, kartenfaltend, bevölkerten die Simeonstraße, saßen draußen in den vielen Cafés, im Sim, im Calchera, im Café Bley, und genossen die Sonne, und die Stadtrundfahrten im Römer Express fuhren jetzt im Zwanzig-Minuten-Takt.

Ein junger Mandolinenspieler griff sich einen Caféhausstuhl und setzte sich mitten vor die Eisschleckenden, Kaffeetrinkenden und zupfte Doktor Schiwago, ein kleiner Junge bettelte sich durch die Tische.

Jerome hatte sich die Haare gerauft, als er davon hörte. Er hatte zu Hause über seinen Büchern gesessen, er war nicht der Typ, den man zum Bummeln mitnehmen konnte.

»Und das in der römischsten alle deutschen Städte! Nicht zu fassen! Plebejer!«

Sie setzte sich in den Biergarten der TuFa, hier war es stiller, Fabriken werden Kunststätten, aber Fabrikarbeiter doch nicht zu Künstlern, mit ihren blauen Fenstern auf weißem Stein, den neuen Glasspitzdächern für besseres Licht, und dem Textorium, aber ihre Gedanken waren in Idenheim, die Einsamkeit, die Weite, die Stille, die Felder, die sich hinzogen, endlos und menschenleer, und bei Muriel.

Sie hätte Alex sagen müssen, daß sie sie wiedergefunden hatte. Er war die ganze Zeit über nicht bei der Sache gewesen, mit verlorenem Blick aus dem Fenster. Er würde ihr das nicht verzeihen. Aber irgend etwas hatte sie davon abgehalten. Sie wollte ihn nicht dort haben, konnte ihn sich nicht vorstellen in dieser Idylle, und sie hatte auch diese Idee Unerklärliches, diese Spur eines Geheimnisses für sich behalten, die sie magisch anzog und nicht mehr loslassen würde. Alex hätte es nicht verstanden. Was hätte sie auch sagen sollen? Und sie wollte nicht unbedingt diejenige sein, die die beiden zusammenbringt.

Vom Eiscafé Calchera in der Fleischstraße schielte sie hinüber zur Akademischen Buchhandlung genau gegenüber der Stephanus Buchhandlung schuldig. Sie sollte ihr historisches Hintergrundwissen vervollständigen, hatte Jerome ihr geraten, das brächte sie auf andere Gedanken.

»Die Vergangenheit gibt dir das Gefühl, jung zu sein!«

Auf diesen Satz folgte in absehbarem Abstand, todsicher: »Sieh mich an!«

Bei ihm schien es zu funktionieren, in der Tat, aber bei ihr, sie brauchte andere Wundermittel. Aber man könnte es versuchen.

Sie entschied sich für die Akademische, des Namens wegen, Jerome hätte das auch getan.

Vom Eiscafé Calchera in der Fleischstraße schielte sie hinüber zur Akademischen Buchhandlung genau gegenüber der Stephanus Buchhandlung, schuldig. Sie sollte ihr historisches Hintergrundwissen vervollständigen, hatte Jerome ihr geraten, das brächte sie auf andere Gedanken.

»Die Vergangenheit gibt dir das Gefühl, jung zu sein!«

Auf diesen Satz folgte in absehbarem Abstand, todsicher: »Sieh mich an!«

Bei ihm schien es zu funktionieren, in der Tat, aber bei ihr, sie brauchte andere Wundermittel. Aber man könnte es versuchen.

Sie entschied sich für die Akademische, des Namens wegen, Jerome hätte das auch getan.

»Nur hundertachtzig DM, alle drei«, sagte eine leise Stimme dicht hinter ihr, als sie vor diesen beeindruckend großen Werken, dunkelblau, bedeutsam, historisch, direkt neben dem Eingang stehenblieb. Zweitausend Jahre Trier, I., II. und III. Teil.

Ein junger Mann, hellblond, blaß und dünn, der zu viele Nächte schlaflos über Büchern zugebracht und darüber das Essen vergessen hatte.

»Eine gute Investition«, sagte er in ihren zweifelnden Blick.

»Und was steht dadrin?«

Er lächelte.

»Alles.«

»Alles?«

»Ja, alles über Trier.«

»Na, dann erzählen Sie mal!«

Er sah verwirrt aus.

»Nun ...«

Er hätte es getan, wenn sie ihn nicht unterbrochen hätte.

»Lassen Sie mal gut sein. Die werde ich wohl selbst durchackern müssen.«

»Müssen?«

»Ja«, sagte sie und seufzte hörbar, so daß er mitleidig auf sie hinuntersah. »Schönheit hat ihren Preis.«

»Schönheit?« fragte er ohne zu verstehen.

»Ja«, murmelte Sonja und gefiel sich in der Rolle der Leidenden.

»Aber wenn Sie Fragen haben sollten, später vielleicht, Meul ist mein Name, ich würde gern ...«

»Ja, ja«, sagte Sonja klagend, bezahlte und ließ ihn hinter der Kasse stehen.

Zu Hause stapelte sie die drei Werke auf ihrem Nachttisch, sie machten sich gut dort, und irgendwann würde sie sie auch lesen. Nicht jetzt. Jetzt gab es Wichtigeres zu tun. Wie könnte sie jetzt Hunderte von Seiten über Tod und Teufel aus längst vergessenen Tagen lesen, wenn genau diese beiden hier und heute wüteten, unentdeckt und hemmungslos!

Grillen und Bienen

Muriel hatte sie erwartet, so schien es, denn sie war nicht überrascht, als Sonja am Sonntagmorgen durch das kleine Tor den Garten betrat.

Sie saß mitten im ›Kreis der Dinge‹, die Knie angezogen, auf- und abwippend voller Unruhe. Nicht in ihrem schwarzen Kleid, sondern in Jeans und Hemd, mit Sandalen und zusammengebundenem Haar, die graue Katze zusammengerollt auf ihrem Schoß.

»Da bist du ja!« war alles, was sie sagte, und das ›du‹ war selbstverständlich. Sie rückte ein wenig zur Seite, daß Sonja sich neben sie setzen konnte, und es schien, als würde sie ruhiger.

»Das ist Tiger, mein Kater«, stellte sie ihn vor, als Sonja über seinen Kopf strich. Er genoß die Sonne und die Streicheleinheiten und schnurrte.

Sonja setzte sich seufzend, und ohne Muriel anzusehen ließ sie ihren Blick schweifen über den Pflug hinaus, über das Tal zu den nächsten Hügeln bis zum Horizont, grün nur grün, manchmal hellgelb vom Raps, oft das dunkle Gelb der gemähten Felder.

Und da war wieder dieser Duft nach Erde, Heu, frisch gefälltem Holz, nach Grün, nach Ruhe, den sie nicht vergessen hatte.

»Es ist schön hier!«

»Ja.«

Sie ließ sich auf den Rücken fallen und sah in den Himmel, kleine Wölkchen, ein Greifvogel, der seine Runden zog, die Spur eines Flugzeuges, Grillengezirpe und Bienengesumme in den Ohren, ein leichter Windzug streifte sie, und das Gras war noch kühl und feucht.

»Hier könnte ich ewig liegen.«

Und Muriel begann mit leiser, monotoner Stimme zu erzählen, als spreche sie zu sich selbst.

»Ich komme auch aus Trier. Ich war Model. Auf die Idee, Kunst zu machen, kam ich erst hier draußen. Irgendwas muß man ja tun. Und es liegt mir.«

Ein Model, ja, das hätte sie sich denken können, wieso war sie nicht selbst darauf gekommen, dachte Sonja, ihr Gang, ihre Haltung, ihre Bewegungen, einstudiert, filmreif, künstlich, an einem unsichtbaren Faden hängend.

»Meine Tage waren Hetze, Hetze und nochmals Hetze. Abends fiel ich erschöpft in mich zusammen, und irgendwann war dann der Punkt gekommen, an dem ich mir sagte, so geht es nicht weiter.«

»Das kenne ich …«, begann Sonja, aber Muriel ließ sie nicht zu Wort kommen.

»Und außerdem bist du als Model mit fünfundzwanzig draußen. Zu alt.«

Mit fünfundzwanzig, dachte Sonja, was soll ich denn sagen!

»Aber die Entscheidung war leicht, als ich diesen Hof hier fand. Meine Eltern sind früh gestorben und haben mir ein riesiges Haus hinterlassen, viel zu groß für mich. Jedenfalls habe ich alles verkauft, mein ganzes Geld hier hineingesteckt und alles hinter mir gelassen.«

»Alles?« fragte Sonja ungläubig.

»Ja, alles. Meine Arbeit, meine Freunde, sogar meinen ›Lebensabschnittsgefährten‹, wie du so schön sagtest.«

»Puh!« stöhnte Sonja. Wenn ich das bloß auch könnte …

»Nur Tiger nicht. Für ihn ist das hier das Paradies«, und sie strich dem Kater liebevoll über die Augen.

»Das war nicht so schwer, wie du denkst. Schwer war es, hier Fuß zu fassen, und das ist es immer noch. Seltsames Volk hier. Man hat es mir nicht leicht gemacht. Alleinstehend und Künstlerin, das weckt Phantasien. Die Frauen klammerten sich an ihre Männer wie die Glucken, als ob ich auch nur einen von ihnen haben wollte, und die Männer dachten alle … na ja, du kannst dir denken, was …«

»Ja, kann ich mir vorstellen«, Sonja fing erst gar keine langen Sätze mehr an.

»Es ist ein hartes Leben hier, wenn man kein Künstler ist, sondern Bauer. Die Winter sind lang und die Sommer kurz. Das verändert die Menschen. Sie haben alle gewartet, daß was passiert, daß ich eine Hexe bin oder so. Jedenfalls war keiner bemüht, mir das Leben leichter zu machen. Aber was soll's! Ich wollte es ja so. Und ehrlich gesagt stört es mich jetzt auch nicht mehr. Es hat auch Vorteile, niemand lädt mich zum Frühschoppen, Singkreis, Morgenmesse oder so etwas Fürchterlichem ein. Ich kann hier leben, wie ich will, und das tue ich und genieße es, wenn ab und zu mal ein Städter reinschaut, so wie du.«

Sie richteten sich auf, und Sonja bemerkte plötzlich, daß die beiden Figuren fehlten.

»Ich habe sie verkauft«, sagte Muriel lapidar, ohne daß sie fragen mußte.

»Sie gehörten irgendwie zusammen, du hättest sie nicht trennen dürfen«, sagte Sonja und erinnerte sich an die beiden Figuren.

»Oh, das habe ich nicht. Der Metzgermeister konnte es gar nicht erwarten, alle beide zu haben. Der erste und einzige, der zwei Figuren von mir hat!«

»Dann werden bald andere kommen und drei haben wollen.«

Muriel kicherte einen Moment, aber ihre Erheiterung erlosch so rasch, wie sie aufgeflammt war, und zurück blieb wieder ihr ernstes, ausdrucksloses Gesicht.

»Ja, das ist es, was hier zählt. Jeder ein bißchen mehr als der andere. Nicht, daß sie eine echte Freude dran hätten. Aber egal, ich arbeite nicht im Akkord und schon gar nicht nach Auftrag. Niemand weiß, was ich als nächstes machen werde…«

»Und was wird aus dem ›Kreis der Dinge‹?«

»Ich weiß nicht…«, sagte Muriel, und es klang, als wollte sie nicht mehr dazu sagen.

Auch ihn könnte man nicht auseinanderreißen, auch er wirkte nur als Ganzes, dachte Sonja. Und er sollte hierbleiben, er gehörte hierher.

Sie machten schließlich einen langen Spaziergang den Feldwegen nach in den Urbuch, dann hinab ins Tal der Kyll, über Auwer Brück nach Wellkyll, und Muriel erzählte ohne Unterlaß, als wäre sie lange nicht mehr zum Reden gekommen.

Von Kyll nach Idesheim, rechts hoch, immer über Felder, dann vorbei an dem Holzkreuz mit einem kleinen Gärtchen, Zaun und

Blumen, unter drei großen Tannen, durch den Großbusch zurück zu ihrem Haus.

Muriel kannte jede Wegbiegung und jeden Hügel, jedes Bauernhaus und jeden Hochsitz, wußte erstaunlich viel über Blumen, Sträucher und Bäume, die sie beim Namen nannte, über Tierspuren, Wasserquellen, Nester und Erdlöcher. Sie konnte einen Bussard von einem Habicht unterscheiden und eine Eiche von einer Buche, was Sonja schon während ihrer Schulzeit versagt geblieben war.

Die graue Wolkenfront hinten am Horizont kam näher, schob den klaren Himmel beiseite wie einen Vorhang. Und Muriel hatte immer diesen langsamen, schleppenden Gang.

Sonja fühlte sich an die Wanderungen mit ihren Eltern erinnert, ließ Muriels Vorträge über sich hinabrieseln, hörte kaum zu, und Muriel erwartete keine Antworten, sie war so sehr mit sich selbst beschäftigt, daß sie ihre Begleiterin kaum wahrnahm. Und so konnte Sonja ihren Gedanken nachhängen, sie beobachten, erst zögerlich von der Seite her, um keinen Argwohn zu wecken, dann offener und zielstrebiger, als sie merkte, daß sie nicht beachtet wurde. Es ging eine seltsame Nervosität, eine Unruhe von Muriel aus, die unverständlich war, besonders weil ihre Bewegungen langsam und bedächtig waren, ihre Stimme ruhig und gelassen, die Arme fast reglos an ihr herunterhingen, als gehörten sie nicht zu ihr. Es gab keine fahrigen Gesten, keine Rastlosigkeit, und dennoch schien es Sonja, als führte sie diese Kaltblütigkeit oder Langeweile nur vor.

Das Leben hier auf dem Land hätte sie ruhiger werden lassen müssen, Sonja merkte schon nach den wenigen Stunden, die sie hier war, den Einfluß, die Veränderung.

Sie kehrten erst in der Dämmerung zurück, um am Kamin ihre müden Beine auf das riesige Sofa zu legen.

Später aßen sie im Garten in dicken Pullovern mit vor Kälte klammen und bibbernden Fingern, die Abende waren noch viel kälter hier als in Trier, und Feuchtigkeit kam von den Wiesen und Feldern.

Das Windlicht zwischen ihnen und der angestrahlte ›Kreis der Dinge‹ vor dem kleinen Waldstück gaben dem Ort etwas Gespenstisches und Geheimnisvolles, als sie sich die erste Zigarette des Tages ansteckte.

Aber als Muriel eine Flasche Wein aus dem Keller holen wollte, winkte sie ab, sie müsse noch halbwegs sicher nach Hause kommen.

»Vielleicht ein anderes Mal?« fragte Muriel mit geneigtem Kopf, das Lächeln in den Mundwinkeln, »du kommst doch wieder?«

Und Sonja hörte sich sagen: »Gern, wenn ich darf«, und dachte, sie hätte das schon mal gehört.

»Nächste Woche, wenn du in der Türkei bist, nehme ich mir eine ganze Woche und fahre nach Idenheim«, verkündete sie bei ihrer Rückkehr.

»Ach ja?« Jerome grinste. »Sagtest du nicht, du könntest dir unmöglich Urlaub nehmen, jetzt mitten in diesen Ermittlungen?«

»Schon, aber…«

»Und was wird Bartmann dazu sagen?«

»Ach, Bartmann«, winkte Sonja ab, als habe er mit diesem Leben schon gar nichts mehr zu tun. »Bartmann hat doch Alex!«

Und Jerome hörte nicht auf, sich zu wundern.

»Okay, okay. Du willst also aussteigen.«

»Ja, aus diesem Fall, den Bartmann mir da angehängt hat, ja, weil … weil er mich anödet, Alex kann das genauso gut…«

»Und was willst du wirklich?« Er ließ nicht locker.

»Ach, du weißt es doch längst, ich will wissen, was es mit dieser Einladung und diesen Händen, mit dieser Frau und diesen Skulpturen auf sich hat!«

»Na, dann sag das doch!«

»Hab ich doch!«

Männer

Nachdem sie Jerome am Samstag zum Flughafen gebracht hatte, das Auto schon gepackt, fuhr sie geradewegs nach Idenheim, als könnte sie auch nur eine Minute verpassen.

Sie quälte den Polo die Berge hinter der Kaiser-Wilhelm-Brücke die Serpentinen hoch in die Berge und dachte an den fluchenden Bartmann, der ihr gedroht hatte, den Fall Alex zu übertragen, wenn sie ihre Aufgaben so wenig ernst nahm.

»Oh ja, eine gute Idee! Er ist ein guter Mann!«

Und wie enttäuscht er sei, von seiner neuen Mitarbeiterin hätte er sich mehr versprochen, ein Vorbild für die Abteilung, in ihrem Alter …

In ihrem Alter könne und wolle sie sich nicht mehr ändern, er müsse sich schon damit abfinden. »Vermißte werden oft erst nach vielen Jahren gefunden, häufig durch Zufall … Sie kennen das doch, von hinten durch die Brust ins Auge!«

Wenn das also ihre vielgepriesene, geheimnisvolle Arbeitsweise sei, dann müßte er … und rastete völlig aus und strich sie von der Karriereleiter, als hätte sie je darauf gestanden.

Muriel zeigte kein Erstaunen, als Sonja schon wieder bei ihr auftauchte, und so brauchte sie auch keine Erklärungen für die Reisetasche abzugeben, die neben ihr stand.

»Komm, ich zeig dir dein Zimmer«, sagte sie nur und ging voraus.

Von der Küche aus führte eine schmale Holztür in ein kleines Zimmer, ganz in Blau und Weiß, nur mit einem hohen alten Bett aus dunklem geschnitztem Holz, einem schmalen Fenster Richtung Garten, einem Richtung Eingang, Holzdielen, einem hellen Teppich, einer Bank unter einem ovalen Spiegel. Sie hatte ein Kunstwerk, vielleicht eine kleine Skulptur, ein Relief, eine Figur, erwartet, nicht nur hier, auch in den anderen Räumen, aber nichts im Inneren dieses Hauses ließ darauf schließen, daß hier eine Bildhauerin wohnte.

»Es ist nicht das Dorint«, sagte Muriel lächelnd, aber doch sicher, daß es Sonja gefallen würde. »Und das Bad ist oben, neben meinem Schlafzimmer.«

»Wo ist Jerome?« fragte Muriel, als Sonja zurück in die Küche kam.

»Er ist in der Türkei, für eine Woche, und er wird mit einem Berg loser Blätter nach Hause kommen, sie mir völlig erschöpft vor die Füße werfen und zehn Tage ununterbrochen schlafen. Er ist Archäologe und nicht sehr belastbar, weißt du.«

»Und so lange hast du Zeit?«

»Ach, das hat damit nichts zu tun«, sagte Sonja und hatte doch das Gefühl, sich rechtfertigen zu müssen. Aber natürlich hatte Muriel recht, er würde erwarten, daß sie zurückkäme, wenn er wieder da war. Und sie kam sich spießig vor.

Irgendwie erwartete sie, daß Muriel sich jetzt auch nach ihr und ihrem Beruf erkundigen würde, aber sie schien sich nicht dafür zu interessieren, und sie selbst würde nicht davon anfangen, zumal Muriel schon wieder weit ausholte, um von sich zu erzählen.

»Männer. Ein besonderes Problem! Jedenfalls für mich«, sagte sie.

»Na, du wirst dich nicht retten können vor ihnen, stimmt's?«

»Leider ja!«

»Leider?«

»Ja, denn es läuft immer auf dasselbe hinaus. Sie sehen mich, und dann meinen sie, sie könnten ohne mich nicht mehr leben.«

»Ich hätte nichts dagegen, wenn mir ein paar zu Füßen liegen würden.«

»Ja, ich hab's auch genossen, eine Zeitlang. Aber ...«, sie machte eine abwertende Handbewegung.

Sonja verstand nicht und zog die Augenbrauen hoch.

»Man gewöhnt sich dran.« Muriel seufzte gelangweilt.

Sie ging hin und her, auf und ab, und bereitete eine kleine Mahlzeit zu, frisches Bauernbrot, Tomaten und Paprika, Schinken und Käse. Und immer dieser Gang, aufrecht und übergerade, hoch erhoben der Kopf, die Schultern zurück, die Arme und Hände mit langsamen, bedachten Bewegungen. Als stünde da nicht Sonja, sondern die Kamera, die jeden ihrer Schritte überwachte, und über ihr der, der die Fäden hielt und die Richtung angab.

»Es ist immer dasselbe, wohin ich auch komme...«

»Viele Frauen würden dich beneiden.«

»Mag sein. Es hat mein Leben bestimmt. Als ich ein Kind war, schleppte meine Mutter mich zu Modeschauen, Fotografen, zum Ballett, zu Castings. Sie hatte einen Traum. Ich sollte eine große Karriere machen, und sie opferte dafür all ihre Zeit, ihr Geld. Es ging immer nur um mich. Meine zwei Brüder mußten sehen, wie sie klarkamen, mußten lernen oder besser durften lernen, aber für mich, meinte sie, lohnte sich das Abitur nicht. Ich war wohl ein sehr hübsches Kind, und die Agenturen rissen sich um mich. Zuerst führte ich Kindermodelle vor, und die Firmen überließen mir einen Teil der vorgestellten Garderobe, so daß ich immer herausgeputzt war. Ganz im Gegenteil zu meinen Mitschülerinnen. Meine Mutter legte größten Wert darauf, daß ich immer, zu jeder Zeit, aussah wie ein Star, für den Fall, daß ein bedeutender Fotograf vorbeikommen würde. Natürlich haben dann irgendwann meine Mitschüler Abstand genommen, kann ich ja auch verstehen, ich hatte nie Freundinnen, keine Zeit dafür, und meiner Mutter waren sie alle nicht gut genug. Ich sollte mich um mich selbst kümmern, sagte sie immer. ›Vergiß nie, du bist ein Star!‹ Und dann wurde ich wirklich einer und konnte mir gar nichts anderes mehr vorstellen. Es gab nichts anderes mehr in meinem Leben.«

»Vielleicht bleibt dabei etwas auf der Strecke?« sagte Sonja gedankenverloren, mehr zu sich selbst als zu Muriel.

»Und was?«

»Gefühle, meine ich«, und Sonja kam sich albern vor, als erkläre man einer Armen, daß die Reichen auch nicht glücklicher seien.

»Vielleicht«, gab Muriel zu.

»Vielleicht fällt einem das erst auf, wenn die Schönheit vergangen ist.«

Muriel zuckte nur gleichgültig mit den Achseln.

Sie hatten versäumt, den Kamin zu füttern, und es wurde irgendwann kühl. Muriel stand schließlich auf, löschte überall das Licht außer im Garten, verschloß die Außentüren.

»Zeit, ins Bett zu gehen«, gab sie das Zeichen zum Aufbruch, und Sonja schlurfte müde und benebelt von zuviel Wein widerstandslos in das blau-weiße Zimmer. Sie stieg in ihr Flanellnachthemd und kletterte in das hohe Bett, in das sie tief versank wie in ein Nest aus Federn, die Decke bis zum Kinn hochgezogen und die Augen schon zugefallen, als Muriel an ihrem Bett stand.

»Schlaf gut«, sagte sie leise, Tiger unterm Arm, und Sonja sah ihr nach, wie sie durch die Küchentür verschwand, und hörte die Stufen knarren, als sie die schmale Stiege zum ersten Stock hochging.

Sonja träumte einen wilden Traum von Jerome als Mumie im Tempelgrab, ausgeraubt und geschändet, und von Muriel in einer Kneipe, die sich lüsterne Männer vom Hals hielt und mit der Fliegenklatsche auf sie eindrosch, bis sie alle zusammen winselnd zu ihren Füßen zu Boden sanken.

Die Katze auf dem Vogelkäfig

Am nächsten Morgen wurde sie wach, zunächst ohne zu wissen, wo sie war. Die Stille war ungewohnt und beängstigend. Nur Vogelgezwitscher, ein Hund, der bellte, das klagende Muhen einer Kuh aus der Ferne. Sonst nur Lautlosigkeit.

Sonntägliches Kirchengebimmel lenkte ihren Blick Richtung Idenheim, da standen sie, die gelben Türme, mahnend, rufend.

Sie kletterte die schmale Treppe hinauf in den ersten Stock. Muriels Schlafzimmertür war nur angelehnt. Sonja blieb zögernd davor stehen und überlegte eine Sekunde, ob sie sie öffnen sollte.

»Schnüfflerseele«, sagte sie flüsternd, die Hand an der Klinke. Aber schließlich war sie deswegen hierhergekommen, war sie dieser Einladung gefolgt, hatten diese Hände, die keine Handwerkerhände waren, sie nicht mehr losgelassen.

Aber was, wenn Muriel dort drin wäre, sinnend am Fenster, oder in diesem Moment die Treppe hinaufkäme, hinter ihr stünde, lautlos, und sie fragend ansähe. Was sollte sie dann sagen? Muriel, die Sonja unter ihrem Dach beherbergte, ohne nach dem Grund zu fragen.

Nach dem Duschen ging sie hinunter in die Küche und, mit einem Brötchen in der einen und einem viel zu dünn geratenen Tee in der anderen Hand, hinaus zu Muriel in den Garten. Sie lief im ›Kreis der Dinge‹ auf und ab, immer dieselbe Reihenfolge, die Hände streiften immer wieder den goldenen Pflug, den ausgehöhlten Stein, den silbernen Pfahl, den Obelisken, die hölzerne Triangel, immer wieder, ein ausgetretener Pfad, ruhelos, ohne Ziel, zwanghaft, der gefangene Wolf, der dem Ruf der Wildnis nicht mehr folgen kann.

»Ich hab geschlafen wie ein Bär im Winterschlaf«, begann Sonja gutgelaunt.

Muriel unterbrach irritiert den Zyklus, hatte einen Moment Mühe, sich zu orientieren, ging dann entschlossen und ohne sie anzusehen ins Atelier und schlug ihr vor, im Vorübergehen, in Richtung Idenheim zu gehen, sie hätte zu tun, da könnte sie sich nicht verlaufen, und es sei ein hübscher Ort, und bei der Gelegenheit könnte sie sich gleich mal den ›Sitzenden‹ auf dem Brunnen anschauen, den sie ja noch nicht kenne.

Sonja sah ihr nach, ratlos, hilflos. Aber warum nicht?

Sie rupfte im Vorübergehen einen Strauß aus Gräsern und Wiesenblumen und ließ den Vogel, der mit reglos ausgebreiteten Flügeln über ihr kreiste und ihr folgte, nicht aus den Augen.

Schließlich gelangte sie an die ersten vereinzelten Häuser. Bratenduft und Fernsehstimmen drangen durch die angelehnten Fenster, aber niemand außer ihr war auf der kleinen Straße, die sich steil und holprig von Haus zu Haus bis zum Gasthaus Zens schlängelte.

Der riesige alte Baum hing tief über den Holztischen und Stühlen der Gartenwirtschaft. Ein paar Touristen in bunten Jacken, mit Rucksäcken und schweren Schuhen, saßen hier und aßen ihre Brote zu einem Humpen Bier, lachten und studierten Wanderkarten.

Die Wirtin stand wieder in der Tür, die Hände in den breiten Hüften, und hoffte vergebens auf ihre Einkehr.

Sie ging weiter an der Sparkasse vorbei, Kreissparkasse Bitburg-Prüm, rosa mit dunkelrotem Fensterabsatz und Geranienkästen im ersten Stock.

Gegenüber ein kleiner Platz, die Bushaltestelle mit einer Schutzhütte, Telefonzelle und Briefkasten, links eine Anschlagtafel Feriengebiet Bitburger Land, Kirmes, Musikfest, Kastanienfest, daneben eine kleine Kapelle.

Rechts ein Parkplatz mit Heckenrosen eingefaßt und dahinter endlich der Brunnen. Nur eine viereckige rote Säule, Wäscherin, Müller, Schmied und Bauer eingemeißelt, zu beiden Seiten schräg versetzt zwei Tröge mit Abfluß in den Gully. Und da saß er auf dem Rand des linken Troges, der ›Sitzende‹, und ihre Gedanken, die weit weg gewesen waren, kehrten zurück zu Muriel.

Er erinnerte sie an die beiden anderen, die sie bei der Vernissage kennengelernt hatte, die gleiche Machart, der gleiche Stil, eben Muriels Stil, unverkennbar, dafür brauchte man von Kunst nicht viel zu verstehen.

Den linken Ellbogen auf dem Oberschenkel, das Kinn auf dem Handrücken, den rechten Arm in die Hüfte gestützt, der nachdenkliche Held. Warme Bronze in der Morgensonne.

Sie setzte sich, den Strauß auf ihrem Schoß, neben ihn und rauchte. Er war erheblich größer und breiter als sie, und so konnte sie sich mal schmächtig und zerbrechlich fühlen, was selten genug vorkam. Er gefiel ihr, als Kunstobjekt, obwohl diese Art Mann ihr nicht gefallen würde, mit dem kurzen, gedrungenen Stiernacken, den ausladenden muskulösen Schultern, dem mächtigen Brustkorb, den prankenartigen Händen. Keiner, nach dem sie sich umschauen würde auf der Straße, wenn überhaupt, dann hingen ihre Augen eher an den schlaksigen Leidenden, die mit dem Selbstmörder-Blick. Ihr Herz schlägt für Verlierer, vielleicht weil es gut tut, Leute zu sehen, denen es noch schlechter geht oder zumindest genauso schlecht.

Einer der Touristen kam zu ihr herüber und studierte das kleine bronzene Schild mit Muriels Namen und dem Titel und besah sich die Figur von allen Seiten.

»Lebensecht«, sagte er bewundernd halb zu sich und halb zu Sonja, die nickte.

»Sie sind nicht zufällig die Künstlerin, ehe ich mir hier den Mund verbrenne?«

»Nein, nein«, lachte Sonja, »aber danke für das Kompliment!«

Er setzte sich auf die andere Seite und ahmte die Stellung des ›Sitzenden‹ nach, so daß die anderen, die inzwischen aufgebrochen waren und vor dem Wirtshaus standen, auf ihn zeigten und sich bogen vor Lachen. Einer schoß ein Foto.

»Ungewöhnlich, hier so etwas zu finden, nicht wahr?« setzte er das Gespräch fort.

»Ja«, sagte Sonja.

»Wir sind der Landschaft und der guten Luft wegen hierher, wir sind Städter.«

»Ich auch.«

»Na, dann haben wir vielleicht nur Vorurteile!«

»Sicher!«

Und dann ging er zurück zu den anderen, und man brach nach lautem Hin und Her, welcher denn nun der richtige Weg sei, in östliche Richtung auf. Sie sah der kleinen Gruppe nach und setzte dann selbst ihren Streifzug fort.

»Lebensecht«, murmelte sie, und das Wort ging ihr nicht mehr aus dem Kopf. Sie blickte sich noch einmal um. Wie treffend! Sie hatte noch nicht viele Skulpturen gesehen, die so waren wie diese. Kunst als Realität, nicht verfremdet, nicht stilisiert, nein, der menschliche Körper, wie er wirklich ist, so, als könnte der ›Sitzende‹ jeden Moment aufstehen, sich recken und strecken, die Arme und Beine schütteln, die vom langen Sitzen eingeschlafen, und losmarschieren, vielleicht ins Wirtshaus auf ein Bier oder sie ansprechen und nach dem Weg fragen.

Und die Neugier war wieder da, riß sie aus ihren Träumen, bohrte sich wie eine Made ins Hirn. Sie würde sie nicht ruhen lassen. Auch hier nicht. Nirgendwo.

Sie folgte der Hauptstraße weiter hinein in den Ort an der gelben Kirche mit den beiden viereckigen Türmen und dem runden Vorbau und den beiden Eingängen vorbei.

Später noch eine Kapelle, größer als die erste, neben einem Bauerngarten, dann der Friedhof mit schnurgeraden roten Wegen, schwarzen Steinen und niedrigen exakten Buchsbaumhecken, in der Mitte ein großes Denkmal für die gefallenen Söhne, die Leichenhalle, plötzlich modern, ein Schieferzelt.

Dann der Metzger, eine große Villa mit neuem Dach und frischem Anstrich und einem Vogelhaus im Garten.

Am Dorfrand folgten neue Häuser, die der Zugezogenen, der billigen Grundstücke wegen. Rechts ging's hinunter ins Unterdorf, Idylle pur, weiße und schwarze Hühner staksten um einen bunten Hahn, eine Katze schlief auf einem Vogelkäfig, die Sonnenuhr auf dem Giebel einer Scheune zeigte ein Uhr.

Hier ging niemand am heiligen Sonntagmittag einfach nur so spazieren, höchstens zum Kirchgang oder zum Frühschoppen, aber dafür war nicht mehr die Zeit. Sie würden jetzt im Familienverband um den gedeckten Tisch sitzen und den dampfenden Sonntagsbraten mit Erbsen und Möhren und sicher einem Pudding hinterher verputzen, die gestärkten Servietten auf dem Schoß.

Gardinen bewegten sich, als sie vorüberging, nicht vom Wind, sondern von heimlichen Händen zur Seite gerafft, um die Fremde zu sehen.

Vom Unterdorf wieder hinauf über den Brunnenberg, steil, auf Kopfsteinpflaster, rechts noch eine Kapelle, Mater dolorosa, ora pro nobis.

Ein Bauernhof mit Eisfähnchen und Getränkeverkauf, dann wieder die Hauptstraße, der Brunnen, die Sparkasse, das Gasthaus.

Jetzt saßen ein paar Jugendliche, den Pflichten zu Hause entronnen, unter dem riesigen Baum, tranken Bit am hellichten Tag, und die Wirtin lachte mit ihnen. Dann schwangen sie sich in tiefergelegte Opel oder auf hochaufbäumende Mopeds der Stadt entgegen, nach Bitburg. Der Wirtshaushund, nur ein kleiner schwarzer Rauhhaardackel, kläffte ihnen hinterher an langer Leine.

Eine alte Frau, grauhaarig und ausgezehrt, fuhr auf dem Traktor vorbei, sah nicht rechts noch links.

Zurück auf dem Bauernhof fand sie Muriel im Atelier. Sonja legte den inzwischen halbvertrockneten Strauß aufs Zeichenbrett, die Blüten geknickt, mit dem Geruch nach Kamille, Heu und Sonne.

Aber Muriel war immer noch abweisend und desinteressiert.

»Wenn ich arbeite, muß ich allein sein!« verkündete sie mit einer Stimme, die keinen Widerspruch duldete, ohne auch nur hochzusehen. Sie strichelte Unerkennbares, entwarf, verwarf, begann von Neuem, ungeduldig, nervös, und am Ende kam nichts dabei heraus als DIN A 0, zugekritzelt.

Da nahm Sonja den Strauß und setzte sich zu Tiger in den Garten auf die grüne Bank neben dem Hauseingang. Tiger hatte sie in sein Repertoire ihm bekannter Menschen aufgenommen und drückte sich an sie. Sie streichelte mit den Grasspitzen sein Fell, das bei jeder Berührung zuckte. Er versuchte, danach zu schnappen, aber sie kitzelten seine Nase, und schließlich wurde ihm das Ganze zu dumm, und er rollte sich auf ihrem Schoß zusammen, und es sah aus, als sollte es für immer sein. Er hatte alle Zeit der Welt.

Sie verdösten die Zeit mit halbgeschlossenen Augen. Er lag wie ein Stein in ihrem Schoß, bewegungslos, nur sein Bauch hob und senkte sich regelmäßig bei jedem Atemzug. Er wärmte sie und beruhigte sie. Später nahm sie ihn vorsichtig hoch, ohne seine Lage zu verändern, und legte ihn neben sich. Er sah anklagend hoch, schlief aber sofort wieder ein.

Im Atelier brannte immer noch Licht. Um ins Haus zu kommen, mußte sie hindurch, und sie bemühte sich, möglichst leise an Muriel vorbeizuschleichen, um sie nicht zu stören.

Sie hantierte mit einem winzigen Meißel herum und bearbeitete einen Stein mit kleinen, nicht allzu heftigen Schlägen auf den Hammer, ungelenk, umständlich und linkisch, und am Ende kam wieder nichts dabei heraus, außer einem angeschlagenen Stein.

Gegen Abend erst kam Muriel ins Haus. Erschöpft und müde ging sie wortlos an Sonja vorbei, die auf dem Sofa lag und las, und erst, als sie wieder herunterkam, umgezogen, schien sie Lust zu haben zu reden.

»Und, wie fandest du ihn?«

»Wen?« Sonja verstand nicht sofort.

»Warst du nicht am Brunnen?«

»Doch. Sicher. Er gefällt mir. Er ist … lebensecht!«

Muriel zog die Augenbrauen in die Höhe, als warte sie auf eine Erklärung.

Aber Sonja war nicht danach, sie zu bewundern.

Muriel machte sich in der Küche zu schaffen, und als sie zusammen aßen, waren beide still. Sonja versuchte ihre Gedanken zu ordnen, in eine Reihenfolge zu bringen, die Sinn machte. Aber es wollte ihr nicht gelingen.

Telefonieren auf Türkisch

Montagmorgen teilte Sonja Muriel mit, daß sie heute den ›Stehenden‹ in der Bank besichtigen und Jerome von der Post aus anrufen wolle. Sie würde nicht mehr fragen, ob sie sie begleiten würde.

»Tu das«, sagte Muriel nur auf dem Weg ins Atelier, »aber in Idenheim gibt's keine Post. Du mußt nach Welschbillig.« Nicht weit von hier, über Idesheim, den Weg kenne sie ja schon, und dann weiter südlich. Nur fünf Kilometer ungefähr, während Idenheim ja im Norden läge.

Der Filialleiter, ein schlanker Gutaussehender im dunklen Anzug, kam auf sie zu, als sie vor dem ›Stehenden‹ in der kleinen Eingangshalle verharrte, dann um ihn herumging und vorsichtig die Hand auf seine rechte Schulter legte.

»Unser ganzer Stolz«, sagte er näselnd.

»Ja, eine wunderbare Figur. Wen soll sie darstellen?«

»Oh!« er errötete verlegen, »das kann ich Ihnen auch nicht sagen. Kunst eben. Freie Kunst.«

Es war ihm peinlich, nichts davon zu verstehen.

»Sie gibt unserer Geschäftsstelle das gewisse Etwas, nicht wahr?«

»Ja, edel, edel!«

Er sah sie zweifelnd an und lächelte dann wieder zu freundlich.

»Wer immer das auch sein soll, er paßt hierher.«

Du auch, dachte Sonja und wollte gehen.

»Kann ich irgendwas für Sie tun?« fragte er und rieb sich geschäftig die Hände.

»Ich glaube nicht, nein, ich wollte nur einen Blick auf Ihr Kunstwerk werfen.«

»Das ehrt uns. Haben Sie schon das andere gesehen am Brunnen?«

»Ja, sicher.«

»Also, ich persönlich, und das ist nicht nur meine Meinung, ich finde diese Skulptur bei weitem eindrucksvoller als die am Brunnen und sogar als die anderen beiden des Metzgers, was meinen Sie?«

»Ich verstehe nicht viel davon, aber Sie haben sicher recht, obwohl sie sich sehr ähnlich sind.«

»Gewiß. Aber diese hier ist ... sagen wir ... imposanter!«

»Ja, weil sie steht, oder?«

Verwirrt versuchte der Filialleiter ein Lächeln, das mißlang.

»Wie auch immer«, Sonja verabschiedete sich, »einen schönen Tag noch!«

Sie würde nicht zu Fuß nach Welschbillig gehen, sie war nicht gut zu Fuß, nicht kilometerweise.

Als sie in den Polo neben der grünen Bank auf dem Bauernhof stieg, hörte sie kein Klopfen oder Hämmern aus dem Atelier, nichts deutete darauf hin, daß Muriel arbeitete, es war still, sehr still, und sie zögerte einen Moment, den Motor anzuwerfen, als sie Muriel endlich drüben im Blumengarten sah, mitten unter den gelben und roten Blüten stand sie da, reglos, die roten Haare wirr im Wind, der über die Hügel strich, die Arme ausgebreitet, das Gesicht der Sonne entgegen. Wie lange schon?

Als der Motor ansprang, sah sie herüber, erschreckt, bückte sich wieder und wieder und begann, Blumen zu pflücken.

In dem kleinen Postamt auf der Hauptstraße in Welschbillig am Ortsende bat sie um eine Verbindung in die Türkei. Eine Herausforderung für die einzige Schalterbedienung hinter dem einzigen Schalter? Aber nein, souverän schickte sie sie in die einzige Kabine schickte.

Sie sprach französisch mit Jerome, als er sich endlich meldete.

Die Verbindung war miserabel, ihr lautes Schreien, das Tausende von Kilometern überbrücken sollte, erschütterte das kleine Postamt, Jeromes Stimme verhallte wie der Ruf des Muezzin, endlos und unverständlich, irgendwann legte sie auf, Ephesus und Welschbillig hatten nicht viel gemeinsam, jedenfalls keine gute Telenfonververbindung.

Jerome lebte noch, ganz offensichtlich. Irgendwo da würde er stehen zwischen all seinen geliebten Ruinen, ein seliges Lächeln auf den Lippen, den Blick verklärt. Kein Grund, sich zu sorgen um ihn.

Inzwischen standen ein paar Leute in der Schlange und starrten in Richtung Kabine, die Köpfe schüttelnd. Sonja ging nur achselzuckend an ihnen vorüber, zahlte für diesen mißlungenen Versuch und verließ lächelnd das Amt, drehte sich in der Tür noch einmal um, um sicherzugehen, daß sich auch alle den Kopf nach ihr verrenkten.

Sie dachte an Frau Berger, als sie das Postamt verließ. Die Burgstraße war nicht weit von hier, sie müßte nur links in den Ort hineingehen. Aber was könnte sie ihr sagen, außer, daß sie ihren Sohn immer noch nicht gefunden hatte und daß sie gar nicht mehr nach ihm suchte. Das schlechte Gewissen plagte sie einen Moment, sie hatte Alex mit diesen Fällen alleingelassen, Frau Berger in ihrer Sorge, aber sie hatte keinen Weg gesehen. Manchmal muß Zeit über die Dinge wachsen, manchmal Abstand…

Als sie zurückkam und Muriel von ihrem Telefonanruf erzählte, nachdem diese ihre Bereitschaft zur Kommunikation gegeben hatte, schüttelte sie den Kopf.

»Das bleibt einem als Städter hier wohl nicht erspart, wenn man sich nicht sofort integriert und anpaßt. Aber deswegen bin ich nicht hier«, sagte sie überheblich.

»Nein, natürlich nicht.«

Muriel schien ihre Außenseiterrolle zu genießen und stolz darauf, anders zu sein als alle anderen hier. Sie würde sich nicht die Mühe machen, Bekanntschaften zu schließen oder gar Freundschaften.

»Das ist nicht meine Welt!«

»Nein, natürlich nicht.«

Muriel bemerkte oder beachtete nicht den herausfordernden Ton in Sonjas Stimme. Sonja war auch nicht ihre Welt.

Und draußen raste der Hund

Am nächsten Morgen, als Sonja schlaftrunken die Treppe hinaufkletterte, stand Muriel hinter ihr, plötzlich, und fragte:

»Wie lange wirst du bleiben?«

»Oh«, sagte Sonja überrascht, sie hatte mit dieser Frage nicht gerechnet, nicht so früh am Morgen und überhaupt, es war kein Thema gewesen, bis jetzt.

»So lange ich darf!«

Muriel antwortete nicht darauf.

»Vielleicht bis Ende der Woche, wenn es dir recht ist?«

Muriel nickte, aber Sonja hatte irgendwie das Gefühl, daß sie es nicht abwarten konnte, es nicht wagte zu sagen.

»Wirst du heute zum Metzger gehen?« fragte Muriel übergangslos.

»Ja, das könnte ich. Aber ich kenne seine Skulpturen, ich glaube, ich setze einen Tag aus, vielleicht morgen. Ich werde einfach hierbleiben, ein bißchen herumhängen, lesen, dösen, schlafen.«

Muriel nickte nur.

»Und dir ein bißchen über die Schulter schauen ...«

»Nun, das ist nicht besonders interessant, du wirst sehen. Außerdem, wie gesagt, bin ich gern allein, wenn ich arbeite.«

»Ich werde dich nicht stören, versprochen.«

Muriel zuckte mit den Achseln und verschwand geschäftig in Richtung Atelier.

Ein guter Zeitpunkt? Sonja kletterte die schmale Treppe nach oben und blieb vor Muriels Schlafzimmertür stehen. Vorsichtig schob sie die Tür auf und spähte hinein.

Sonne lag über dem Chaos ihrer Habseligkeiten: das Bett ungemacht, Kissen und Decken türmten sich, ein geöffneter Schrank, aus dem Hemden und Hosen quollen, allein das schwarze Kleid hing sorgfältig auf einem Bügel an der Schrankseite, eine Kommode mit halb geöffneten Schubladen, Arbeitsschuhe, Gummistiefel und ein paar sorgsam nebeneinander gestellte schwarze Pumps, und ganz hinten unter dem Fenster eine schwere, geschnitzte Truhe, aus der ein Kleidungsstück hing, ein Hosenbein oder ein Ärmel vielleicht, aber viel zu groß und weit, als daß es Muriel gehören könnte.

Sie ging ans Fenster, kniete auf der Truhe, die ächzte unter ihrem Gewicht, und beugte sich hinaus.

Muriel saß in ihrem Kreis, voller Unruhe auf- und abwippend, Tiger auf ihrem Schoß zusammengerollt. Die rote Mähne glühte in der Sonne über dem gesenkten Kopf.

Als sie von der Truhe herunterkletterte, fiel ihr Blick erneut auf das herausbaumelnde Kleidungsstück.

Schnüffeln war ihr Handwerk, ja, und sie haßte es immer noch nach all den Jahren, aber sie tat es automatisch, auch jetzt. Sie hob vorsichtig den Deckel der Truhe und lehnte ihn gegen die Wand.

Und sie fand Männerkleidung, mehrere Hosen und Hemden, einen hellen Mantel, einen Trenchcoat, einen Jogginganzug, einen dunkelgrauen Anzug, einen dunkelblauen, T-Shirts, Unterwäsche, Schuhe, vier Paar, alles in bester Verfassung, aber nicht sorgsam gefaltet, sondern achtlos hineingestopft wie in Eile, die Ärmel und Hosenbeine ineinanderverschlungen, die Schnürsenkel verwickelt.

Und da war über allem dieser Geruch nach altem Schweiß, kaltem Nikotin, Parfum.

Teure und edle Teile, wie die Etiketten verrieten, große Größen, sauber und gepflegt, als sie die einzelnen Stücke auseinanderfaltete. Aber kein Parkgroschen oder Telefongeld, nichts Persönliches fand sich in den Hosen- und Manteltaschen, nicht einmal ein zerknülltes Papier oder eine Fahrkarte oder eine leere Zigarettenschachtel, nichts, was man sonst so findet, wenn man etwas findet.

Und sie schloß die Truhe wieder und ließ das eine Hosenbein heraushängen, knickte die Bügelfalte zur linken Seite, so wie sie sie gefunden hatte.

Sie ging hinaus zu Muriel, aber sie konnte ihr nichts von ihrem Fund sagen. Sie hatte kein Recht gehabt, in dieser Truhe zu suchen.

Was hätte sie auch sagen können, nichts an dieser Kleidung war verdächtig im eigentlichen Sinne, deutete auf eine Unrechtmäßigkeit hin, nichts war zerrissen, beschmutzt oder ... und doch war es nicht irgendeine Kleidertruhe, wie sie in den Schlafzimmern dieser Welt zu finden ist...

»Du arbeitest nicht?«

»Nicht, wenn du da bist!« sagte Muriel vorwurfsvoll, als hielte sie sie von größeren Taten ab.

Immer wieder ging Sonja in Gedanken die einzelnen Stücke durch, den hellen Trenchcoat, den Jogginganzug, den dunkelblauen und den grauen Anzug, die Unterwäsche ... und der Gifthauch verlorener Seelen umwehte sie eiskalt, sie fröstelte.

Sie stand neben ihr und suchte nach Worten, die Stille zu überbrücken. Aber das einzige Wort, das in ihrem Kopf kreiste, war »lebensecht«, es vermischte sich mit den Kleidern dieser Truhe zu einem Knäuel, unentwirrbar, girlandenartig, wie der Rahmen eines barocken Spiegels, gehalten von milchweißen Händen.

»Ich drehe eine Runde«, sagte sie schließlich, als sie die Spannung nicht mehr aushielt. »Dann kannst du in Ruhe weiterarbeiten...«

Sie spürte, daß Muriel ihr nachsah, als sie das Gartentor hinter sich schloß und den kleinen Feldweg nahm hinüber zum Urbuch. Sie würde nicht merken, daß sie durcheinander war und verzweifelt. Sie interessierte sich nicht dafür.

Muriel hatte kein wirkliches Interesse an anderen Menschen, so viel war klar. Wenn sie Lust hatte, mit ihnen zu reden, dann tat sie es, aber wenn ihr der Sinn nach anderem stand, dann existierten sie nicht mehr, dann hob sie ab in ihre eigene Welt, in der nur sie einen Platz hatte.

Heiner kam öfter herüber, hatte sie gesagt, um Werkstoffe aus den LKWs ins Atelier zu bringen, vielleicht könnte man ihn ein wenig ausfragen, dachte sie, vielleicht war ihm etwas aufgefallen.

Sie würde dieses Knäuel entwirren, auflösen, sie würde die Enden suchen, so lange, bis sie zusammenpaßten.

Als sie sich dem Bauernhof der Klamps näherte, wurde das Hundegebell lauter. Aber als sie sah, daß der Hund in einem Zwinger war und nur bellen konnte und sonst nichts, war sie froh. Sie hatte Angst vor Hunden. Mehr als vor Pistolen. Hunde waren unberechenbar, jedenfalls die, denen sie bisher begegnet war. Es war ein schwarzer Großer von undefinierbarer Rasse, und sie würde nicht auf ihn treffen wollen, ohne Zaun.

Der Hof bildete ein U, leere Ställe, eine Scheune, ein Heuboden, rostiges Ackergerät, ein alter Traktor und ein wackliger Anhänger, und sie ging durch das große, offenstehende Tor, zögernd, sich umschauend, aber niemand erschien. Verwahrlost und armselig, verkommen und verdreckt, über allem der Geruch von Jauche, Fäulnis, Zeugnis eines harten Lebens.

Es gab eine Eingangstür, schief in den Angeln, aber keine Klingel. Gerade, als sie gegen die Tür klopfen wollte, wurde sie aufgerissen, und vor ihr stand ein großer, breiter, Mann, noch jung, mit teigigem Gesicht. Eulenaugen starrten bewegungslos. Sie blieb auf der Fußmatte stehen, in der Hoffnung, daß er jemanden holen würde. Aber auch er blieb da stehen, in sicherer Entfernung, reglos, und starrte weiter.

»Guten Tag«, sagte sie, aber er antwortete nicht.

»Wer sind *Sie* denn?« kam plötzlich von hinten, ganz nah an ihrem Ohr, eine furchteinflößende Stimme.

Sie drehte sich um und sah hoch in seine Augen. Auch er groß und breit, aber älter, vielleicht Mitte fünfzig, schmutzig und stinkend von der Stallarbeit, in Arbeitshose, eine Wollmütze auf dem Kopf. Ein böser Blick, abweisend und drohend. Und ihr wurde mulmig, so zwischen diesen beiden riesigen Kerlen.

»Senger ist mein Name. Ich bin drüben bei Frau Nestler zu Besuch, und ich wollte mal guten Tag sagen«, ihre Stimme war ein bißchen zittrig, sie vermißte ihren Ausweis und ihre Waffe.

»Na, guten Tag. Dann können Sie ja jetzt wieder gehen!«

Sein Atem roch nach Alkohol, intensiv nach Alkohol.

»Ja«, murmelte Sonja erleichtert.

Nichts lieber als das, wenn sie nur wüßte, wie, denn die beiden standen da wie angewachsen. Auch wenn sie schlank wie eine Tanne wäre, käme sie an diesen Typen nicht vorbei.

»Eigentlich wollte ich den Heiner sprechen!«

»Den Heiner kann man nicht sprechen«, donnerte die Stimme zurück.

»Er ist also nicht da?«

»Wieso?«

»Ja, weil Sie sagen, man kann ihn nicht sprechen!«

»Doch.«

Sehr ergiebig.

»Also, dann würde ich…«

»Nein!«

Sonja fuhr zusammen.

»Aber…«, begann sie und nahm ihren ganzen Mut zusammen.

»Der steht hinter Ihnen!«

Konnte er nur schreien?

Sonja drehte sich zu Heiner, den man nicht sprechen konnte oder vielmehr sollte.

»Was wollen Sie denn von ihm?«

»Ach, nichts«, Sonja gab auf, was könnte sie ihn fragen in Anwesenheit dieses Kerls, ohne niedergebrüllt zu werden.

»Ich kann…«, begann plötzlich Heiner zögernd und leise.

»Du kannst nichts!« polterte der andere.

Heiner nickte ergeben. Keine Chance.

Sonja wollte flüchten und näherte sich dem Alten, dem Vater sicher, der endlich einen Schritt zurückmachte, so daß sie an ihm vorbeikonnte. Nichts wie weg hier! Draußen raste der Hund. Die Tür schlug hinter ihr in die Angeln, daß es krachte.

Welch behaglicher Ort.

Das Geschrei des Bauern hallte noch in ihren Ohren. Armer Heiner! Kein Wunder, daß er so verängstigt war.

Sicher war er froh, wenn er Muriel manchmal helfen durfte und eine Zeitlang dieser Hölle entweichen konnte.

Sie drehte eine kleine Runde auf dem Feldweg über den Teitelbach nach Trimport und wieder zurück nach Idenheim. Als sie zur Wegbiegung zum Hof der Klamps kam, stand da Heiner, riesig, aber mit hängenden Schultern, und wartete auf sie, wiegte sich unruhig hin und her. Sie wollte ihn ansprechen, als vom Hof her die Stimme seines Herrn ertönte, toste. Er machte auf dem Absatz kehrt und stolperte nach Hause, drehte sich aber noch mal um, zeigte aufgeregt zu Muriels Haus und brachte nur heraus: »Soll ich kommen?«

Sonja rief hinter ihm her: »Ja, gern, wenn Sie wollen!«

»Ja, ja, gleich! Vielleicht!«

Es war zu spät. Er war außer Reichweite. Es würde ein Donnerwetter geben, wenn er zurückkam.

Muriel hatte ihre Arbeit beendet, was auch immer es war, es war nichts zu sehen.

Sonja erzählte ihr von dem Besuch bei den Klamps. Muriel wunderte sich nicht darüber, daß es Sonja dorthin verschlagen hatte, sondern begann zu erzählen.

»Du hättest nicht herübergehen sollen. Niemand tut das! Vielleicht wird Heiner jetzt nie wieder zu mir kommen dürfen. Er ist ein armer Kerl. Sein Vater regiert den Hof. Mutter und Sohn haben nichts zu melden. Nur arbeiten dürfen sie. Er schickt sie aufs Feld oder in die Küche, aber keiner darf den Hof betreten, und keiner darf mit ihnen sprechen. Heiner ist zwar nicht der Klügste, aber das hat er nicht verdient. Man sollte den Vater ..., na ja irgendwann wird sich das von selbst erledigen, so wie der trinkt oder besser säuft. Er wird sich zu Tode saufen in den nächsten Jahren. Hoffentlich halten die beiden so lange durch. Die Mutter ist ganz schön fertig, sie hat wohl aufgegeben. Aber man bekommt sie ja nie zu Gesicht, höchstens wenn ich mal einen Spaziergang mache, dann sehe ich sie auf dem Feld. Aber sie traut sich nicht, was zu sagen. Und der Heiner, groß wie ein Bär, hat auch viel zu viel Angst vor ihm.«

»Und wie alt ist der Heiner?«

»Anfang zwanzig, glaube ich.«

»Und warum haut er nicht ab?«

»Wohin?«

»Auf einen anderen Hof, was weiß ich, er versteht doch sicher was von Landwirtschaft, Hauptsache da raus. Du hättest ihm Mut machen können.«

Muriel machte ihre übliche abwertende Handbewegung, wie immer, wenn etwas aufhörte, sie zu interessieren.

»Warum sollte ich?«

»Vielleicht weil du Mitleid mit ihm hast?«

»Mitleid!« Muriel seufzte gelangweilt.

»Er tut eine ganze Menge für dich, nicht wahr? Er schleppt Säcke, räumt auf, trägt deine Skulpturen in den Garten ... solltest du da nicht auch etwas für ihn tun können?«

»Und was hat das miteinander zu tun?«

Sie ließ Sonja wortlos stehen und ging hinauf in ihr Zimmer.

Aber Sonja hoffte, daß sie ihn noch mal treffen würde, um ihm Mut zu machen. Ja, wenn sie als Polizistin hier wäre, das würde Eindruck machen, auch auf den Vater. Dann könnte sie mit Heiner reden und ihn vielleicht da raus holen, aber der Zeitpunkt war schlecht. Denkbar schlecht.

Vielleicht würde er ja doch noch herüberkommen, heute oder in den nächsten Tagen, vielleicht, wenn man ihn ließe...

Mitten in der Nacht hörte sie eine Tür zufallen und ein Auto wegfahren ganz nah. Im Halbschlaf nahm sie sich vor, aufzustehen, nachzusehen, auf nackten Füßen, ohne Licht zu machen, nur im Schein des Mondes, unter Tigers gelben Augen, auf Entdeckungstour zu gehen, Schubladen zu durchwühlen, in Kisten und Kästen zu kramen, die Tiefen des Ateliers zu erforschen, aber in Gedanken darüber schlief sie wieder ein.

Später aber wurde sie hellwach, ein herannahendes Motorengeräusch, Reifen, die stehenblieben, zweimal schlug eine Tür, Schritte, eine Männerstimme, hart und sicher.

Ehe sie ans Fenster gelangen konnte, ohne Licht zu machen, stieß sie mit dem Knie ans Bettende, mit dem Ellenbogen an die Kommode, hielt sich die schmerzenden Stellen und fluchte leise, da war schon alles wieder still draußen und dunkel. Das Auto verschwunden, in der Garage oder nie weggewesen. Hatte sie geträumt? Aber dann waren die Stimmen nebenan, im Wohnzimmer. Ein Mann und Muriel. Muriel machte ein paar Mal »Pssst!«, bis er leiser sprach. Sonja verstand nichts, obwohl sie an der Tür klebte und das Atmen einstellte.

Muriels Schritte führten ins Atelier, und er stapfte herum, trippelte, tapste, Gegenstände fielen zu Boden, dann folgte er. Sonja lief auf und ab in ihrem Zimmer, warum sollte sie eigentlich nicht herauskommen, ahnungslos, verschlafen, sie überraschen bei…

Aber da kamen die Männerfüße schon zurück, laut tretend, stampfend und die Stimme nicht mehr leise, sie polterte, raste, tobte Unverständliches, Wütendes. Die Tür knallte zu, und als Sonja ans Fenster hetzte, sah sie eine Gestalt hinaus in die Dunkelheit stolpern und verschwinden, aufgesogen von den Nebeln und Bäumen, ein Schatten, eine Vision.

Sonja wagte sich heraus und fand Muriel gedankenverloren im Atelier, als sei nichts geschehen. Und als sie fragte, ob sie Besuch gehabt habe, sah sie nur hoch und schüttelte den Kopf, wie sie darauf käme.

»Nur so«, sagte Sonja.

Aber Muriel war ganz in Schwarz, in ihrem langen schwarzen Kleid.

Und nackt sind sie allemal

Der Mittwoch kam, und Sonja erwähnte das nächtliche Schauspiel nicht. Sie hatte einen guten Moment verpaßt in dieser Nacht, und sie ärgerte sich über sich selbst, der schlimmste aller Ärger. Sie war eine dumme Kuh, das würde sie sich nicht verzeihen. Muriel verließ sonst nie dieses Haus. Und wenn sie Pech hätte, würde sie es auch vorläufig nicht mehr tun.

Den Weg zum Metzger konnte sie sich sparen, sie kannte die beiden Figuren, wußte, daß sie sein würden wie die anderen, unverkennbar Muriels Stil, eben lebensecht. Eigentlich. Aber sie ging trotzdem hin, so wie sie sich auch immer wieder in Muriels Schlafzimmer schlich, das einzige Zimmer, in das sie sich wagte, wenn Muriel im Atelier war, die Tür offen, mit einem Ohr Richtung Treppe, und in der Truhe kramte, die ihr bodenlos schien wie ein Grab, so lange, bis sie jedes Teil auswendig kannte, so wie es ist, wenn man etwas weiß und nicht wissen will.

Sie stand eine Weile am Zaun und sah hinüber zum Vogelhaus und zu den beiden Skulpturen.

Künstlerisch gesehen ein Skandal! Welten trennten diese Objekte, das handgedrechselte, kitschige Vogelhaus mit einem schmiedeeisernen Wetterhahn auf den rötlichen Schindeln, neben einem kleinen Teich mit Gartenzwergen und Plastikenten, auf einem dicken Stamm über einen Meter hoch.

Es war die Zeit zum Vögelfüttern, wenn die Bäume und Sträucher noch nicht genug hergaben, und Spatzen und Meisen genossen die zusätzliche Mahlzeit an sicherem Ort.

Davor der ›Bauchliegende‹ Aug in Aug mit dem ›Knienden‹, auf dessen Kopf die Vögel einen zusätzlichen Landeplatz gefunden hatten.

Sie paßten nicht hierher, aber das schien weder den Metzger zu stören noch die wenigen Vorübergehenden, die sich über ihr Interesse wunderten. Sie befürchteten oder hofften, daß sich Absonderliches im Metzgersgarten abspielen könnte, blieben kurz neben ihr stehen, spähten auch hinüber, gingen dann aber enttäuscht weiter, als sie nur das geschäftige Treiben am Vogelhaus sahen.

Sonja war eine Fremde hier, und man kontrollierte, was sie tat. Aber sie stand nur da und dachte, daß die beiden Figuren so wenigstens eine gewisse Funktion hatten.

Auch der Metzgersgattin war sie suspekt, denn sie tauchte am Wohnzimmerfenster auf, die Gardine gerafft, und beobachtete sie über ihre Topfpflanzen hinweg.

Da Sonja aber offensichtlich nicht weiterzugehen beabsichtigte, trat sie endlich durch die Terrassentür in den Garten und kam herüber zu ihr an den Zaun. Die Vögel stoben unter lautem Warngeschrei und ängstlichem Geflatter davon, als sie sich näherte.

»Oh, jetzt hab ich sie alle verjagt!« rief die freundliche, blitzsaubere Person und schlug in gespieltem Entsetzen die Hände vor den Mund.

»Sie werden wiederkommen, das werden sie sich nicht entgehen lassen«, sagte Sonja und sah zu den Bäumen hoch, auf deren Ästen sie alle warteten, bis unten wieder Ruhe eingekehrt sein würde.

Dann stellte sie sich vor.

»Ich hab Sie schon mal gesehen, in Welschbillig, in der Post...«, sagte die Metzgersfrau zögernd.

»Ja, ich bin auf Urlaub hier und interessiere mich für Kunst. Ich habe nicht gedacht, daß ich so etwas finden würde hier draußen auf dem Land.«

»Nicht wahr, sie sind wunderschön!« Stolz blickte sie auf die beiden Figuren. »Sie können gern hereinkommen, wenn Sie möchten!« und sie winkte Sonja zum Eingang.

»Gerne«, sagte Sonja und folgte ihr durch das kleine Gartentor.

»Mein Mann ist im Geschäft nebenan, in der Metzgerei. Metzger Becker. Sie werden ihn nicht kennen. Aber gleich hat er Mittagspause. Er versteht etwas davon. Ich nicht. Ich finde sie einfach nur schön.«

Sie lachte mit kleinen freundlichen Augen, so daß es leichtfiel, ihr zu glauben, daß sie für sie alles andere als ein Statussymbol waren. Sonja ging um die Figuren herum und sagte dann mit einem Blick zu den wartenden Vögeln in den Bäumen: »Sie werden uns böse sein, daß wir ihren Futterplatz in Beschlag nehmen.«

»Ja, das werden sie. Gehen wir doch hinein, es ist noch frisch hier draußen. Wir werden uns erkälten.«

Sie schon, in ihrem weißen Kittel und den kurzen Ärmeln.

Sie bat Sonja ins Wohnzimmer und hatte im Handumdrehen einen Kaffee fertig und setzte sich zu ihr auf die schwere gediegene Couch, die dem Fenster gegenüberstand mit zwei passenden Sesseln und einem gekachelten Tisch. Die obligatorische Schrankwand aus Eiche, eine Stehlampe mit Messingfuß und ein echter Perser machten die Idylle perfekt.

Aber die Metzgersfrau war herzlich und gutartig, offensichtlich nicht von der großspurigen und dünkelhaften Sorte, nicht so, wie Muriel hier alle beschrieben hatte.

»Sie kommen aus der Stadt?«

»Ja, aus Trier.«

»Das sieht man gleich«, sagte sie lächelnd, »wir sind ein bißchen verschroben hier und zugeknöpft, aber wir meinen das nicht so. Wir können halt nicht anders. Das Landleben macht das aus uns.«

Sonja lächelte.

»Sie rauchen?«

»Gerne, wenn ich darf.«

»Aber sicher. Dann rauch ich eine mit, solange mein Mann nicht da ist. Er sieht das nicht gern, aber ich kann das ja dann auf Sie schieben, ja?«

Frau Becker holte einen kleinen silbernen Aschenbecher hervor und hatte offensichtlich Spaß an dem kleinen Geheimnis, das sie gleich teilen würden. Sonja bot ihr eine Zigarette an, und sie atmete tief und genußvoll ein.

»Das tut gut. Ich sollte das nicht tun, es ist nicht gesund, aber was gesund ist, macht selten Spaß, stimmt's?«

»Ja, es ist anstrengend, immer vernünftig zu sein!«

»Ach, wem sagen Sie das?«

Sie klopfte auf ihren kleinen Bauch und die breiten Hüften. »Beim Essen ist das genauso.«

Sonja lachte und zwinkerte ihr zu. Sie fühlte sich wohl hier trotz Schrankwand und Perserteppich.

»Sie wohnen bei Frau Nestler?« Frau Becker wußte Bescheid.

»Ja, sie hat mich eingeladen. Es ist schön hier draußen, für mich als Städterin.«

»Ja, das glaube ich. Ein paar Tage lang ist es schön, aber wenn man immer hier ist, dann fällt einem schon mal die Decke auf den Kopf. Immer die gleichen Leute, immer die gleichen Gespräche. Aber was soll's, man gewöhnt sich dran. Außerdem, meinen Mann würde ich hier nicht wegbekommen. Er ist hier aufgewachsen und mit Leib und Seele Idenheimer. Aber die Frau Nestler ist nicht von hier...«

»Nein, sie ist auch aus Trier.«

»Eine nette Frau.«

»Ja.« Sonja wartete ab.

»Und noch dazu so hübsch!«

»Das ist sie.«

»So eine Frau bekommen unsere Männer hier selten zu sehen. Vielleicht mal im Fernsehen oder in der Zeitung. Sie haben alle ein Auge auf sie geworfen, wissen Sie!«

»Das kann ich mir denken.«

»Selbst die verheirateten!« Sie lächelte Sonja verschwörerisch zu. »Mein Walter auch, da könnte ich wetten. Aber er hat bei ihr natürlich keine Chance. Da brauch ich mir keine Sorgen zu machen. Aber war schon lustig mitanzusehen, als sie sich alle die Hälse verdrehten, als sie hierher kam. Jetzt ist er nicht mehr so gut auf sie zu sprechen. Hat ihn wohl abblitzen lassen!«

Sie lachten beide und merkten nicht, daß der Metzger die Tür öffnete, bis er plötzlich neben ihnen stand.

Frau Becker ließ schnell die Zigarette unterm Tisch verschwinden. Kleine Qualmwolken kamen zu beiden Seiten hervor, aber als er sah, daß Sonja rauchte, schöpfte er keinen Verdacht. Er war ungehalten wegen dem Rauch und ging zur Terrassentür, um zu lüften. Frau Becker nutzte die Gunst der Stunde und drückte ihre Zigarette aus.

Schnaufend ließ er sich in einen Sessel gegenüber fallen.

Frau Becker brachte ihm eine Tasse Kaffee, die er ohne Dank oder Freude zur Kenntnis nahm.

»Sie wohnen also bei Frau Nestler.«

»Ja, Walter«, unterbrach ihn seine Frau, »Frau Senger ist extra wegen der beiden Figuren hier.«

Auch das war selbstverständlich für ihn. Deswegen hatte er sie schließlich gekauft.

»Eine unangenehme Person«, schnaufte er.

»Aber Walter, wie kannst du so etwas sagen!«

»Ich kann! Sie meint wohl, sie ist was Besonderes.«

»Das ist sie ja auch. Die einzige Künstlerin hier weit und breit.«

»Pah! Künstlerin! Daß ich nicht lache!«

»Aber Walter, warum hast du dann ihre Figuren gekauft, wenn du nichts von ihr hältst, das möchte ich gern mal wissen.«

Verächtlich verzog Herr Becker das Gesicht. Aber Sonja sah gekränkte Eitelkeit in seinen blassen Augen.

»Du weißt genauso gut wie ich, daß wir ursprünglich etwas ganz anderes haben wollten im Garten.«

»Ja, das stimmt. Wissen Sie, Frau Senger, wir hatten an eine Frau in langem Gewand gedacht, das hätte …«

»Aber sie steht wohl auf Männer! Mannstoll ist sie, das ist alles!«

Frau Becker war entrüstet und schämte sich ganz offensichtlich für ihren Mann.

»Natürlich ist sie das!« dröhnte Herr Becker und ließ seine Frau nicht zu Wort kommen. »Sie macht immer nur Männer oder etwa nicht?«

»Aber Walter!«

Er winkte ab.

»Sogar der Heiner, der Sohn von den Klamps, der geht da ein und aus. Der Tölpel! Der merkt nichts! Wer weiß, was sich da abspielt!«

Sein Grinsen war hinterhältig, er liebte es, Gerüchte in die Welt zu setzen, und als die beiden Frauen nicht darauf eingingen, fuhr er einfach fort.

»Er wird nicht nur Zementsäcke schleppen, da können Sie wetten!«

Sonja stand auf und wollte gehen.

»Die Wahrheit wollen Sie wohl nicht hören, von Ihrer roten Hexe. Typisch Frauen! Stecken alle unter einer Decke. Aber glauben Sie mir, da stimmt was nicht! Wo hat sie denn all die Modelle her für ihre Kunst, he?«

Gute Frage.

»Und nackt sind sie allemal!«

»Walter!«

»Wieso wohl, he? Kann mir vorstellen, was da abgeht! Na, und sie wird denen wohl noch was anderes bieten...«

Frau Becker wurde es jetzt doch zu bunt, und sie führte Sonja eilig zur Tür, damit sie sich nicht noch mehr anhören mußte. Sie begleitete sie hinaus und entschuldigte sich tausendmal für ihren Mann.

»Hoffentlich erzählt er das nicht im ganzen Dorf!« sagte sie.

Die Chefin

Donnerstagmittag, als sie noch eingerollt in den Federn lag, es war wieder mal spät geworden, hörte sie Stimmen im Garten und richtete sich erschrocken auf.

Durch das kleine Fenster, das zum Eingang zeigte, sah sie ein Auto neben ihrem vor dem Haus stehen, das ihr bekannt vorkam, die Fahrertür noch offen, aber niemand war zu sehen. Auf Zehenpitzen lief sie über den kalten Steinboden zur Ateliertür und sah Muriel im Garten mit einem sehr viel kleineren Mann stehen, der sie an irgend jemand erinnerte, beide den Rücken zu ihr.

Sie wollte nicht lauschen und ging zurück, duschte oben neben Muriels Schlafzimmer.

Als sie die Stiege herunterkam, traf sie fast der Schlag.

»Hi«, sagte Alex und starrte sie entsetzt an, so wie sie ihn.

»Hi«, flüsterte sie kaum hörbar zurück und blieb auf der vorletzten Stufe stehen wie angewachsen.

Warum tat der Erdboden sich nicht auf? Doch statt dessen kam Alex auf sie zugewieselt und grinste verschwörerisch. »Du hier?«

Sie warf einen schnellen Blick zu Muriel. Jetzt bestand akuter Handlungsbedarf ihrerseits, das war sonnenklar.

»Wir kennen uns. Das ist Alex Fuchs«, begann sie.

»Ich weiß«, sagte Muriel mit versteinerter Miene.

»Ich habe mich bereits vorgestellt, was denkst du!«

In seiner Hand baumelte eine Zeitung auf dem Kopf hin und her, und sie wußte nicht, warum.

»Tja, Gottes Wege sind wunderlich! Da schickt mich doch unser lieber Bartmann noch mal nach Welschbillig zu den Bergers, und was find ich da, hm?«

Sonja stand einfach nur da und wartete ab, nichts auf der Welt könnte Alex aufhalten, jetzt reinen Tisch zu machen. Sie ergab sich.

»Diese Zeitung bei der lieben Frau Berger auf dem Sofa. Mit diesem Bild.«

Schon wieder machte er diese Pause, die die Sache spannend machen sollte und das Unwetter, das unweigerlich kommen würde, doch nur um so sicherer ausbrechen ließe.

»Mit einem Bild. Von meiner lieben Kollegin zusammen mit dieser wunderbaren Künstlerin.«

Er drehte sich um zu Muriel, die sich wieder gefangen hatte, sah dann beifallheischend von einer zur anderen und hielt Sonja das Foto so abrupt unter die Nase, daß sie zurückzuckte. Mein Gott, welcher wahnsinnige Reporter hatte dieses Bild geschossen, sie und Muriel in der Ateliertür, umrahmt von Besuchern!

»Und da ich die Dame, also eigentlich ja beide, schon einmal gesehen habe, da denk ich mir, fahr doch einfach mal hin!«

Er kicherte aufgedreht.

Als immer noch niemand etwas sagte, fuhr er fort:

»Und da find ich sie, alle beide, in trauter Zweisamkeit, wer hätte das gedacht!«

Schweigen.

Wenn er nicht aufhören würde, von einem Bein aufs andere zu hampeln, würde sie ihn umbringen.

Sie stand immer noch auf der letzten Treppenstufe, und Alex, der todbringende Bote mit der Zeitung in sinkender Hand, mitten im Zimmer und verstand nicht, daß sich hier keiner über sein Kommen freuen konnte.

Er schüttelte den Kopf.

»Was ist hier eigentlich los? Ich bin wohl nicht erwünscht, was?«

»Könnte man so sagen.«

Sonja konnte ihm nicht erklären, wieso.

»Aber wo denken Sie hin«, begann Muriel plötzlich und ging auf ihn zu, legte ihren Kopf ein wenig zur Seite, »wir freuen uns über jeden Besuch, nicht wahr?«

Sie nahm seinen Arm und führte ihn zum Sofa.

»Jetzt müssen Sie uns aber alles genau erklären.«

Sonja versuchte sich in Grimassen hinter Muriels Rücken, aber

Alex sah nicht hin, er sah nur Muriel, die sich jetzt neben ihn aufs Sofa setzte. Ganz nah, Bein an Bein, und Sonja sah, daß er zitterte. Und schon fing er an, von seinem Beruf, von Bartmann, den Vermißten, den Kneipen, wo er sie zum ersten Mal gesehen hatte, von Frau Berger und ihrem Sohn, alles rauf und runter auseinanderzulegen, und Muriel war ganz Ohr. Seine Augen leuchteten, seine Hände zappelten, er war in ihrem Bann. Keiner der beiden hatte mehr einen Blick für Sonja. So wie damals bei der Vernissage, als Muriel sich ganz auf Jerome konzentriert hatte und nur die Statistenrolle geblieben war.

»Hältst du wohl endlich den Mund!« fuhr sie ihn an, als sie es nicht mehr aushalten konnte, diese Innigkeit noch länger anzusehen. Er sah kurz erschreckt hoch, aber Muriel zupfte an seinem Ärmel, und er konnte nicht widerstehen und fuhr einfach fort, als existiere Sonja nicht.

Sonja lief von einem Zimmer zum anderen, sammelte ihre Sachen und stopfte sie wortlos in die Reisetasche. Keiner der beiden nahm Notiz von ihr und ihrer Hektik. Als sie alles verstaut hatte, knallte sie die Tasche vor Alex' Füße.

»Wir fahren!« sagte sie in einem Ton, der keinen Widerspruch duldete. Alex sah sie entgeistert an, aber Muriel strich liebevoll über seinen Arm und sagte mit Unschuldsmiene:

»Warum, jetzt, wo es gerade spannend wird?«

»Wir fahren, Alex«, wiederholte Sonja stur und drohend.

»Ich nicht«, tönte Alex mutig und legte seine Hand auf Muriels, den Blick verklärt, willenlos.

Und sie ist doch die Hexe, die alle Männer in ihren Bann schlägt, egal wie groß, wie klein, wie alt, wie jung.

»Wir, habe ich gesagt!«

»Du kannst ja fahren, niemand hindert dich!«

Muriel nickte bestätigend, ohne die Augen von Alex zu lassen.

»Alex! Wir fahren! Das ist dienstlich!«

Alex verdrehte die Augen und seufzte.

»Frau Nestler, Sie sehen, ich habe keine Wahl. Sie ist meine Chefin.«

»Ja«, sagte Muriel nur, »ganz offensichtlich. Das tut mir leid. Es war interessant und spannend ... und ich kann Sie nicht überreden ...«

Bedauernd strich sie über seinen Arm. Alex litt, das war nicht zu übersehen. Aber Sonja blieb hart. Schweren Herzens löste er sich von Muriel, als wären sie schon miteinander verwachsen.

Und als sie in der Haustür stand, hörte sie Muriel wieder sagen:

»Sie kommen doch noch mal wieder?«

»Oh ja, sicher, wenn ich darf«, hauchte Alex verzaubert und wollte ihre Hand nicht loslassen.

Sonja wartete, bis Alex endlich in seinem Wagen saß. Muriel steckte noch einmal ihren Kopf in sein Fenster und redete auf ihn ein.

»Welch herzzerreißender Abschied!« schnaubte Sonja wütend vor sich hin und umklammerte das Lenkrad.

Alex warf den Motor an und ließ die Reifen aufquietschen. Als sein Wagen an ihr vorbeibrauste, sah sie seinen wütenden Blick und mußte sich beeilen, ihn nicht aus den Augen zu verlieren.

In Windmühle, an der Kreuzung zur B51, bremste er plötzlich und fuhr scharf rechts auf den Seitenstreifen, so daß Sonja ihn fast gerammt hätte.

Er stürzte hinaus, rannte zu ihr und riß die Fahrertür auf.

»Sag mal, mußtest du mir unbedingt diese Szene machen! Mußtest du mich unbedingt bloßstellen! Mich behandeln wie einen pubertären Jüngling? Hast du es wenigstens genossen?«

Er war außer sich und zerrte sie am Ärmel aus dem Auto.

Sonja schüttelte ihn ab wie einen bissigen Hund.

»Bist du übergeschnappt?«

»Das frag ich dich. Führst dich auf wie eine Furie!«

»Na, und du? Ein Moschusochse in der Brunft ist nichts gegen dich!«

»Oh!«

Alex fiel so schnell keine weitere Beleidigung ein, und er drehte sich um, die Hände in den Jackentaschen, die Füße kickten verzweifelt kleine Steine in die Luft.

»Du wirst vergessen haben, wie das ist, verliebt zu sein!«

Das mußte ja kommen. Das Privileg der Jugend – verliebt zu sein!

»Ich bin es nie gewesen, das kannst du mir glauben!«

»Ja, das glaube ich gern. Wer soll sich schon in dich verlieben!«

Nach einer Pause setzte er nach: »Und jung warst du auch nie, stimmt's?«

»Nein, wo denkst du hin! Ich bin alt und einsam geboren!«

Einen Moment nur sah sie sich durch Alex' Augen: der Lack ab, kurz vor dem Matronentum, der Sargdeckel schon über ihr.

Sie rannten wie Kampfhähne umher, und vorbeifahrende Autofahrer verdrehten sich die Hälse, fuhren langsamer, schienen anhalten zu wollen und schauten doch nur zu.

Alex schlug wie ein Besessener auf ihre Motorhauben und schrie: »Verschwindet! Hier gibt's nichts zu sehen! Aasgeier!«

Sonja schüttelte den Kopf und setzte sich wieder ins Auto und öffnete die Beifahrertür. Alex sah die offene Tür, aber haderte noch eine Zeitlang und lief auf und ab.

»Komm schon her!«

Endlich ließ er sich schnaubend in den Sitz fallen, die Hände wieder in den Taschen. Er starrte aus dem Fenster und sagte kein Wort.

»Alex, laß uns reden, ja? Ich hab dir nicht dein Förmchen geklaut, und du hast nicht mein Eimerchen verbuddelt, also komm!«

Alex war stur wie ein Panzer.

»Ich bin eben stinksauer«, versuchte Sonja zu erklären.

»Ach ja? Und was ist mit mir?«

»Natürlich bist du auch sauer, kann ich ja auch verstehen, aber es ging nicht anders!«

Alex schüttelte den Kopf und meinte resigniert: »Du hättest es mir sagen können!«

»Was?«

»Na, daß du sie gefunden hast. Du wußtest, wie sehr …«

»Ja, Alex, hätte ich …«

»Und warum hast du es dann nicht getan?«

»Wie soll ich es dir erklären …«

»Versuch es einfach.«

»Ich wollte nicht die sein, die euch zusammenbringt. Du hättest selbst zu dieser Vernissage gehen können!«

»Was für eine Vernissage?«

»Aber dafür wart ihr euch ja alle zu schade!«

»Was für eine Vernissage?«

»Die hängt an der Pinnwand im Büro!«

Er überlegte eine Weile.

»Das war…«

»Ja, das war deine Prinzessin, du König der Ermittler!«

Er war betroffen und nickte dann beifällig.

»Und die Einladung hing auch in Welschbillig an der Bushaltestelle.«

Er grübelte, konnte sich nicht erinnern.

»Hat mich neugierig gemacht, das war alles.«

»Und warum dieser Alleingang?« Alex hatte immer noch nichts begriffen.

»Was heißt hier Alleingang? Das hat überhaupt nichts mit unserem Fall zu tun! Das war eine reine Privatangelegenheit! Ich habe Urlaub, wenn du dich erinnerst.«

Er sah sie ungläubig an.

»Es hat mich nur gereizt zu erfahren, warum eine Künstlerin die Polizei zur Vernissage einlädt. Euch ja offensichtlich nicht.«

»Trotzdem!«

»Was, trotzdem?«

»Du hättest es mir sagen müssen!«

Er schien langsam wieder der alte zu werden, denn seine Hände waren aus den Taschen gerutscht und fingen wieder an, sich selbständig zu machen, ruderten in der Gegend herum, und es schien, als hätte er mehr als andere, ein Octopus. Seine Füße scharrten quietschend auf der Gummimatte auf und ab.

»Ja«, sagte sie zögernd. Irgendwie hatte er recht, wie sollte sie ihm erklären, was sie davon abgehalten hatte, sie wußte es ja selbst kaum. Ein unbestimmter Verdacht.

»Aber wenn es nur ›Urlaub‹ war, wie du sagst, warum warst du dann so stinkig, als ich aufgetaucht bin, das versteh ich nicht!«

Er ließ nicht locker. Natürlich nicht.

»Weil sich die Dinge eben anders entwickelt haben. Und du mir die Tour vermasselt hast. Weil es plötzlich doch mit unserem Fall zu tun haben könnte, vielleicht…«

»Kannst du mir das erklären?«

»Ich weiß nicht, wie.«

»Ach komm, mach mir nichts vor!«

»Also, es war so. Ich bin hingefahren, weil ich das mit der Einladung komisch fand, habe ihr aber nicht gesagt, daß ich Polizistin bin. Dann fand ich noch mehr komisch.«

»Komisch?«

»Merkwürdig. Sie ist keine Bildhauerin, das war das erste.«

»Moment mal, ich habe diese Skulpturen da im Garten gesehen. Wenn das keine Bildhauerei ist.«

»Sie kann aber trotzdem keine sein, weil...«

»Weil?«

»Weil sie eben nicht die Hände dafür hat...«

»Wie bitte?«

Sie wußte, daß es schwierig werden würde, es ihm zu erklären.

»Hast du ihre Hände gesehen?«

»Schon, aber...«

»Du kannst dich nicht erinnern, stimmt's?«

Er nickte hilflos.

»Ja, ich weiß, sie sind schön, so schön wie sie. Aber darum geht es nicht. Das sind nicht die Hände einer Bildhauerin!«

Sie machte eine Pause, wartete ab, was er sagen würde. Nach einer Weile nickte er.

»Und was noch?«

»Dann habe ich die Skulpturen gesehen!«

»Diesen Pfeil, diesen Obelisk, diesen...«

»Nein, die, die sie verkauft hat nach dieser Vernissage und der vorherigen, die, die im Dorf herumstehen.«

Er sah sie fragend an.

»Es sind vier, es sind Männer, es sind große, athletische Männer, sie sehen lebensecht aus.«

»Und was noch?«

»Ich habe eine Truhe gefunden, voller Männerkleidung!«

Er atmete tief und hörbar ein.

»Das ist eine schwere Beschuldigung!«

»Nein, Fakten, mein Lieber! Entweder, sie kauft diese Figuren von einem Bildhauer und gibt sie als ihre eigenen aus oder...«

»Oder?«

Sonja wußte, daß sie darauf keine Antwort hatte.

»Na ja, die Kleidungsstücke waren nicht beschmutzt oder zerrissen oder blutig ... nichts ... das macht mir echt zu schaffen«, lenkte sie ein.

»Eben. Das auch noch«, triumphierte Alex.

»Aber die Skulpturen ...«

Alex schien sich auf einmal wieder auf der sicheren Seite zu fühlen.

»Mal ehrlich, Sonja, nur weil es vier waren! Ein bißchen simpel, findest du nicht? Du willst mir doch nicht im Ernst erzählen, daß du Gesichter erkannt hast.«

»Nein, nicht direkt«, gab Sonja zu.

»Und was machen wir jetzt?« fragte sie nach einer Weile.

»Jetzt vergessen wir den ganzen Knatsch. Du fährst brav nach Trier weiter und schläfst noch mal drüber, und ich kehr um!«

»Zu Muriel?« fragte Sonja entsetzt.

»Klar«, sagte er siegesgewiß, »ich war sooooo nah dran! Und selbst wenn du recht haben solltest, ich bin nicht ihr Typ!«

»Na, dann brauchst du ja auch nicht hinzufahren!«

»Ich mein, für ihre Skulpturen, Sonja. Dieser Körper – ein Modell?«

Er hatte ja recht, seine einssiebzig, seine dürren Ärmchen, muskellos und fleischlos, Muriel würde nicht auf die Idee kommen.

Und trotzdem!

»Und was willst du dann von ihr?«

Er strahlte voller Pläne und Hoffnungen.

»Schon vergessen?«

Liebe, Liebe, Liebe, was sonst?

Und eine Angst um ihn war plötzlich da.

»Oh nein, Alex! Wenn ich drüber schlafen soll, dann du auch!«

»Du machst dir wirklich Sorgen um mich, stimmt's?«

»Ja. Mach ich.«

»Warum nur?«

»Vielleicht, weil du mein Sohn sein könntest ...«

Alex sah sie skeptisch von der Seite her an, murrte und stieg zögernd aus.

»Du«, sagte sie und beugte sich vor, als er neben dem Wagen stand, »ich hab eine Idee. Ich hab noch bis Montag frei. Gib mir eine Chance. Versprich mir, daß du nicht zu ihr fährst. Laß mich dir beweisen, daß ich recht habe. Bis Montag, ja? Ich halt dich auf dem laufenden, das verspreche ich, und wenn ich es nicht schaffe, dann gehört sie dir, ja?«

Alex grinste.

»Komm schon!« drängelte Sonja, »nur die paar Tage. Das wirst du doch aushalten!«

»Ja, Mami!« sagte er.

»Sei nicht albern, Alex!«

»Aber was ist mit Bartmann?«

»Können wir den nicht auch erst mal außen vor lassen?«

»Eigentlich wollte er ja, daß ich es mache. Weil du plötzlich Urlaub brauchtest...«

»Würdest du das für mich tun? Kein Wort zu ihm, und du tust nichts?«

»Na ja, bis Montag könnte ich ihn hinhalten und mich auch!«

»Das wird reichen. Und gib mir die Zeitung. Ich brauche das Bild!«

Er schob die Zeitung durch die Fensteröffnung.

»Du bist ein Schatz!«

»Ich weiß«, grinste er. »Und ein Moschusochse in der Brunft!«

Er hatte es nicht vergessen.

»Na ja. Das nehme ich zurück. Wenn du das andere zurücknimmst.«

»Mal sehen. Also bis Montag. Aber irgendwie hab ich ein blödes Gefühl!«

»Ich auch«, rief Sonja »aber das gehört dazu!«

Sie sah ihm nach, wie er ins Auto stieg, und folgte ihm über die Bitburger, er kannte die Strecke und fuhr viel zu schnell, raste in den Stau, als es steil bergab ins Moseltal ging, bremste knapp. Sie stand hinter ihm und klatschte Beifall, aber er tat, als sähe er es nicht. Erst hinter der Kaiser-Wilhelm-Brücke trennten sich ihre Wege.

Ganze drei Tage hatte sie also, um Alex und Bartmann zu beweisen, daß sie richtig lag. Und sich selbst schließlich auch. Und sie hatte noch keinen blassen Schimmer, wie! Sie hatte Alex eigentlich nur versucht einzureden, was sie sich selbst die ganze Zeit einredete.

Zu Hause stolperte sie vor der Eingangstür über den Trierischen Volksfreund, den sie vergessen hatte abzubestellen und den die Nachbarin sorgsam aufgestapelt hatte. Post und Reklame zuhauf. Sie begann, Jeromes Spuren zu beseitigen.

Sie hatten am Samstag überstürzt, weil wieder mal in Zeitnot, die Wohnung verlassen, und es sah aus, als hätte die Mafia in der Zwischenzeit jeden Winkel nach einem Mikrofilm durchsucht. Schubladen standen offen, Schranktüren waren aufgesperrt, auf dem Sofa und dem Bett Hemden und Hosen, die in die engere Wahl gezogen und dann doch ausgeschieden waren, das Frühstück, angetrocknete Teller und Tassen mit braunem Bodensatz, die letzte Zeitung über allem, nur das Bad war leergefegt von seinen wenigen Utensilien.

Mechanisch brachte sie alles an seinen angestammten Platz, mit den Gedanken bei Muriel. Das Räumen und Ordnen tat ihr gut, es beruhigte, und es gab ihr ein bißchen das Gefühl von Alltäglichem zurück.

Als sie endlich auf der Fensterbank hockte, ein Glas Wein in der Hand, war es schon dämmrig, aber der Verkehr unten ließ nicht nach. Er würde nie nachlassen. Und die Stille in Idenheim fehlte ihr. Sie wünschte sich ein bißchen davon hierher …

Muriel – hatte Muriel nicht gesagt, sie käme auch aus Trier?

Blitzartig kam ihr der Gedanke, daß, wenn Muriel eine Geschichte hätte, und sie mußte eine haben, sie diese in Trier finden würde. Muriel war erst vor ein paar Monaten nach Idenheim gezogen, also mußte es noch eine Spur von ihr geben, hier in Trier, wenn sie wirklich so ein berühmtes Model gewesen sein soll. Ein Star! Irgend jemand würde sich doch an sie erinnern können.

Und sie kramte das Telefonbuch hervor, suchte nach Adressen. Werbeagenturen, Fotoagenturen, Modellagenturen, oder wie nennt man so was?

Es gab nur diese einzige, ›Les Visages‹ ohne Straßenangabe, nur die Telefonnummer. Aber sie würde anrufen, morgen, und nach Muriel fragen.

Sie war beruhigt, eine Beschäftigung für morgen gefunden zu haben, alles war besser als hier zu sitzen und zu grübeln.

Und ihre Brüder, was ist mit ihren Brüdern? Vielleicht war einer noch in Trier? Das Telefonbuch gab vier Nestlers her, und sie bimmelte sie der Reihe nach an.

Theodor, mit der greisen zittrigen Stimme, nein, der nicht, Hubert, laut und volltönend, hatte keine Schwester, Jürgen war nicht zu Hause, nur sein Anrufbeantworter, aber Marco, Marco Nestler, klang sympathisch, schläfrig, hatte eine Schwester, war zu Hause.

»Was ist mit Muriel? Ist etwas passiert?«

»Nichts! Keine Sorge. Aber darf ich noch vorbeikommen?«

»Hm! Wenn es sein muß.«

»Es ist spät, ich weiß, aber es muß sein.«

Er willigte ein.

»Christophstraße 22«, sagte er noch, aber das stand ja da.

Von der Lindenstraße zur Christophstraße lohnt kein Auto, es waren nur ein paar Meter über die Nordallee an den nächtlichen Schatten der angestrahlten Porta Nigra vorbei. Der Park stand jetzt dunkel und verlassen, und der Parkstreifen war leer. Rechts die Häuserseite, hohe Häuser mit steilen Giebeln, spitz und rund, ein paar Stufen zu den Haustüren hinauf, Rechtsanwälte und Ärzte wohnen hier.

22 stand neben dem riesigen dunklen Holztor, oben rund mit Ornamentglas und verschnörkeltem Gitter, nur angelehnt an einen ledernen Puffer. Im Erdgeschoß hatte sich eine Sauna angesiedelt, hier brannte noch Licht. Sie sah an dem hellen, vielleicht gelben Putz hoch zu einem bleiverglasten Erker, darüber eine Gaube, deren Dach die Form einer Perücke mit Außentolle hatte.

Vorsichtig schob sie den einen Torflügel auf, der erstaunlicherweise nicht knarrte, und stand in einem hohen schmalen Flur, ihre Schritte hallten auf kleinen quadratischen Fliesen. In Augenhöhe reihten sich Briefkästen, und rechts führte eine Holztreppe ehrfürchtig wie zu einem Beichtstuhl, gewunden, mit Balustraden und gedrechseltem Geländer hoch in die oberen Stockwerke.

Marco Nestler lehnte im zweiten Stock am Treppengeländer, und

Sonja wurde ein bißchen flau in der Magengegend, als sie vor ihm stand. Der vielen Stufen wegen, aber nein, das war es nicht.

Marco hatte alles, was Muriel auch hatte: rote Locken, lang bis auf die Schultern, ein blasses, übernächtigtes, Gesicht, diese endlos blauen Augen. Auch er groß und hager, in T-Shirt und Jeans, sicher zehn Jahre älter als seine Schwester.

Und er hatte noch etwas, was Muriel nicht hatte.

Sonja zeigte ihren Ausweis, gewohnheitsmäßig. Ihre Wangen begannen zu glühen, als er sie eindringlich ansah und mit dem Foto verglich und seine Hand kurz ihre Finger berührte.

»Sie sind nicht fotogen!« sagte er lächelnd und zwinkerte ihr zu.

»Aber…«, begann sie verlegen. Und sie dachte daran, daß sie furchtbar aussehen mußte. Sie hatte seit ihrer Flucht aus Idenheim keinen Spiegel mehr gesehen.

»Natürlich sind Sie fotogen, es ist immer die Schuld des Fotografen. Ich meine nur, das Foto wird Ihnen nicht gerecht. Aber kommen Sie doch erst einmal herein!«

Sonja folgte in Trance.

»Ich bin dienstlich hier!« murmelte sie vor sich hin, beschwor sich selbst ›dienstlich!‹.

Es war nicht für ihn bestimmt, aber er hatte es gehört. Er lächelte.

Er ging voraus in einen engen dunklen Flur, der in einem großen L-förmigen Zimmer endete, das alles in einem war, ein zerwühltes Metallbett, Töpfe und Teller in einem Spülbecken, ein Schreibtisch mit PC und Büchern, ein Sofa und ein Sessel, die er freiräumte von Zeitschriften und wieder Büchern.

»Also, was hat Muriel angestellt?« fragte er.

So, wie er sie ansah, hätte sie ihm alles sagen können, vor allem alles Nicht-Dienstliche.

»Nichts, hoffe ich zumindest. Es ist nur … eine routinemäßige Ermittlung. Sie hat unseren Weg gekreuzt, und wir müssen alles ausschalten.«

»Aha«, sagte er, »und um was geht es?«

»Tja, das ist so eine Sache«, druckste sie herum, »laufendes Verfahren, Sie verstehen. Ich würde Ihnen nur gern ein paar Fragen stellen.«

»Na, dann mal los. Ich werde Sie nicht zu mehr verführen!«

Er stellte zwei Weinkelche auf den Tisch, schenkte ohne zu fragen ein, hellen, honigfarbenen Wein, reichte ihr das Glas und nahm bereits einen großen Schluck, als er ihr zunickte. Sie nippte folgsam. Der Wein schmeckte harzig und schwer, und sie mußte vorsichtig sein, sehr.

»Erzählen Sie mir von Ihrer Familie!«

»Oh«, sagte er seufzend, als müßte er weit zurückdenken, »es gibt nicht mehr viele Nestlers. Die Eltern sind tot, Lukas, der jüngste von uns, lebt in München, da sind nur noch Muriel, die wohnt neuerdings in Idenheim, aber das wissen Sie ja, und ich hier.«

Er breitete die Arme aus und umfaßte das zusammengewürfelte Mobiliar mit einem Blick.

Sie hätte gern mehr über ihn gewußt.

»Ich bin ein alternder Lehrer und Single obendrein«, er grinste, als sei dies eine Entschuldigung für das Durcheinander und Gedankenlesen.

Er hätte es nur zu sagen brauchen, und sie hätte gespült, geräumt, gewischt.

»Aber ich denke, ich weiß, worauf Sie hinauswollen.«

Sonja nippte schweren Wein und versank im Chaos der Gefühle.

»Ich habe damit gerechnet, daß Muriel eines Tages auffallen würde.«

»Muriel?«

»Ja.«

Wer interessierte sich noch für Muriel?

»Sie hatte eine ungewöhnliche Kindheit und eine Jugend auf der Kippe, würde ich heute sagen. Damals war mir das nicht bewußt. Aber Sie wissen, was ich meine?«

»Nein.« Sonjas Intelligenz versank mit.

»Na ja, mein Vater hatte eine besondere Beziehung zu ihr. Sie war ein sehr hübsches Kind, und er liebte sie abgöttisch. Er wollte unbedingt, daß sie ein Mannequin wird, ein Model, ein Star!«

»Ihr Vater? Sie hat ihn nie erwähnt.«

»Das kann ich mir denken. Ihre Beziehung war nicht ganz so, wie sie sein sollte. Er ließ ihr keinen Freiraum.«

Nach einer Weile fuhr er fort.

»Als sie älter wurde, schien sie immer mehr darunter zu leiden. Ich wußte nicht warum, sehen Sie, ich habe mein eigenes Leben geführt. Ich bin zwölf Jahre älter als sie, man kümmert sich nicht um seine Schwester, in so einem Alter. Bis ...«

»Bis?« Sonja hing an seinen Lippen.

»Bis zu dem Tag, als ich erfuhr, was bei uns zu Hause los war. Da war Muriel sechzehn.«

»Und was war los?«

»Na ja, ich kam eines Abends spät nach Hause, also eigentlich eher früh, weit nach Mitternacht. Mein Vater hatte wieder mal seinen Herrenabend, hatte er öfter, ich kannte das. Typen, die wichtig für Muriels Karriere sein sollte ... aber sie hatten nicht mit mir gerechnet.«

Es fiel ihm schwer, weiterzusprechen. Er zögerte.

»Muriel stand ihnen Modell ... diesen aalglatten, geilen Scheißkerlen, Managern, Geschäftsleuten aus der Werbung, Führungskräften, Produzenten, Bonzen.«

»Wie, Modell?«

»Nackt!«

Sonja schluckte und hielt den Atem an.

»Oh, sie haben sie nicht angefaßt. Nein, dafür sorgte mein Vater. Sie durften bloß ...«, und er zeigte mit zwei ausgestreckten Fingern auf seine Augen.

»Nein!«

»Doch. Ich habe eine Weile in der halboffenen Tür gestanden hinter ihren Rücken.«

Beide schwiegen.

»Sie mußte alle möglichen Stellungen einnehmen. Es war ekelhaft. Ekelhaft!«

»Stellungen?«

»Ja, Stellungen, an denen sie sich aufgeilen konnten.«

»Was für Stellungen?«

»Unterschiedlich. Mal mußte sie knien, mal liegen, mal sitzen. Worauf sie halt scharf waren.«

»Und dann?«

»Dann bin ich dazwischen. Natürlich, was sonst!«

Sonja stellte das Glas ab. Er hatte sie heruntergeholt, viel zu schnell, von ihrer kleinen Wolke, viel zu plötzlich, wieder mal.

»Ich bin dann ausgezogen und habe Muriel mitgenommen, wir hatten zusammen eine Wohnung, am Anfang. Später haben wir uns etwas aus den Augen verloren. Ich dachte, sie hätte es überwunden...«

»Ich glaube nicht, daß man so etwas vergessen kann«, sagte Sonja und wehrte sich gegen das Mitleid. Es ist unprofessionell, Mitleid zu haben mit den Tätern, nicht wahr?

»Und haben Sie ihn angezeigt?«

»Nein. Leider, sage ich heute, aber damals ... wir haben es nicht gewagt.«

»Hören Sie, ich muß gehen.« Sonja stand auf. »Ich danke Ihnen...«

»Danken!« sagte er resigniert, »wofür?«

»Für Ihre Offenheit, für...«

Er stand ihr gegenüber, die Hände in den Hosentaschen, zuckte mit den Schultern, elend mußte ihm zumute sein.

»Machen Sie sich keine Vorwürfe!«

»Ich hatte mir eine Weile keine gemacht. Ich hatte es irgendwie geschafft, aber jetzt...«

»Es ist nicht Ihre Schuld!«

»Und wenn doch?«

Sonja schüttelte den Kopf. Sie konnte ihn nicht trösten. Es gab keinen Trost.

In der Tür nahm er ihren Arm und fragte:

»Sie passen auf sie auf?«

»Ich werde es versuchen.«

Aber es würde nicht mehr gehen.

Das letzte Blatt

»Les Visages, was kann ich für Sie tun?«

Eine viel zu weibliche Männerstimme. Als sie nach der Straße fragte, zögerte er. Sie sei auf der Suche nach einem bestimmten Model, begann sie vorsichtig, und ob ›Les Visages‹ die einzige Agentur in Trier sei.

»Natürlich«, sagte er ungnädig.

Und ob sie einen Blick in seine Kartei werfen dürfte.

»Petrusstraße 19a«, sagte er da nur, gelangweilt.

Sie ging an der Geschäftsstelle der ›Bündnis 90/Die Grünen‹ vorbei, am anderen Morgen, der Nr. 12, mit ihnen würde sie reden müssen, am Zahnarzt Dr. Spukti mit seinem verführerischen Namen, der Nr. 2, bog links in die Nordallee ein, ein paar Schritte unter der versifften Überdachung der Bushaltestelle die lange Mauer des Krankenhauses Barmherzige Brüder entlang, dort könnte sie immer noch hingehen, wenn nichts mehr klappte.

Sie warf einen sehnsüchtigen Blick durch den Park hinüber zur Christophstraße, als sie in die Petrusstraße einbog. Links die mächtigen Säulen der Landeszentralbank und rechts die Porta und dazwischen Marco.

Der rotgelbe Giebel der Nr. 22 schimmerte durch die Bäume, schien ihr, und im zweiten Stock würden die Gardinen noch zugezogen sein. Er würde dort oben in seinem Chaos liegen, und die Vorstellung machte sie einsam.

An der marmorgrünen Sparkasse mit dem Schweinehirten davor, die sich über viele Häuser hinzog, suchte sie die Häuserzeile ab, fand die Caritas, Pro Familia und schließlich ganz am Ende rechts den gelben Hinterhof neben grauen Garagen, enttäuschend, ohne Glitter und Glamour, die 19a.

Der schlaksige Schnösel in ›Les Visages‹, ganz in Schwarz mit wallender Tolle, nahm sich ihrer an. Nachdem seine Blicke ihr eindeutig mitgeteilt hatten, daß sie für seine Kartei nicht in Frage kam, zückte sie ihren Ausweis.

»Das hätten Sie mir sagen müssen.«

»Warum?«

»Unsere Kunden genießen einen gewissen Schutz, Sie verstehen?«

»Ja, sicher, und ich werde ihn ihnen nicht nehmen. Ich will nur wissen, ob und wann Muriel Nestler bei Ihnen beschäftigt war. Das ist alles. Ohne Konsequenzen für Sie.«

Sie holte den Zeitungsausschnitt mit Muriels Foto hervor. Er hatte gelitten unter Alex' Wutausbruch, der Fahrt nach Idenheim und zurück nach Trier, aber Muriels Gesicht war noch gut zu erkennen. Sie würde eine Kopie machen müssen, bevor er zerfiel, dachte sie und wartete auf eine Reaktion.

Er sah ohne Interesse im Computer nach. Lange Spinnenfinger mit klirrenden Ringen hackten mühselig auf die Tasten, das goldene Panzerarmband lag lässig auf dem Mousepad mit der nackten Männerbrust.

Sonja sah sich interessiert um. Einen Vorteil hatte ihr Beruf schon, man kam herum. An den Wänden hingen Fotos von Frauen und Männern, Stars in dieser Branche, mit ebenso glatten wie nichtssagenden, ebenmäßigen, strahlenden und vor allem jungen, alarmierend jungen Gesichtern, Figuren, von denen Sonja aufgehört hatte zu träumen, aber keines davon kam ihr bekannt vor. Das war nicht ihre Welt. Vielleicht, wenn sie öfter zum Friseur ginge oder zum Arzt, wenn sie sich mehr für Mode oder Kochrezepte interessieren würde, wären sie ihr schon einmal begegnet in den zahllosen Frauen- und Modezeitschriften. Wenn sie geahnt hätte, daß das eines Tages wichtig sein könnte, hätte sie es sicher auch getan. Sie würde Bartmann den Rat geben, diese Zeitungen zu den Akten zu nehmen und ihr Studium zur Pflichtlektüre zu machen. Man wußte ja nie!

»Nestler, Nestler … ja … hier haben wir sie, Muriel Nestler. Ein schönes Ding, weiß Gott, aber mit Starallüren, sag ich Ihnen. Hat Hals über Kopf unsere Agentur verlassen. Keiner weiß, warum. Da war natürlich eine nicht unerhebliche Summe fällig, schließlich hatten wir einen Vertrag. Und unsere Kunden lassen sich nicht gerne prellen, wenn Sie wissen, was ich meine.«

»Was für Kunden?«

»Na ja, Designer, Parfumhersteller … Werbung eben. Und die kennen sich aus in Verträgen. Das gab eine saftige Ablöse. Die mußten wir zahlen, selbstverständlich. Und das haben wir an sie weitergegeben, selbstverständlich. Sie ist mitten aus einer Kampagne für eine Body Lotion ausgestiegen, die war so gut wie fertig, nur noch nicht im Kasten. Da gehen ein paar Tausender über den Tisch, das können Sie mir glauben.«

»Wie viele?«

»Wie bitte?«

»Na, Tausender?«

»Oh, darüber kann ich keine Auskunft geben. Das ist Chefsache.«

»Und der Chef?«

»Auf Reisen. Geschäfte. Kundengespräche. Holt die Aufträge rein.«

»Wie lange noch?«

»Das kommt drauf an, wie schnell man sich einigt, nicht wahr?«

»Sicher!« Sonja seufzte.

»Aber wenn Sie mich fragen, da stimmte was nicht!«

»Und was?«

»Na ja, wer zahlt schon gerne so eine Unsumme, wenn er nicht unbedingt muß, hm? Hätte sie ein paar Wochen gewartet, hätte es nur die Hälfte gekostet. Dann wäre das Set im Kasten gewesen. Muß es eilig gehabt haben, die Kleine.«

»Schon möglich. Hatte sie hier denn Freunde oder so?«

»Freunde?« Er lachte geziert und schlug sich auf die Schenkel, als sei das der Witz des Tages, »Konkurrenten nennt man das bei uns. Ja, die hatte sie. Sie war etwas Besonderes, und irgendwie waren alle hinter ihr her.«

»Konkurrenten?«

»Auch. Aber eigentlich eher Kunden. Wer weiß, ob das immer geschäftlich war…«

Er grinste dämlich und anzüglich.

»Und wann war genau ihr letzter Tag hier bei Ihnen?«

»Moment«, er überschlug ein paar Zeilen, »der 21. Februar dieses Jahres.«

»Und um welche Firma ging es?«

Klick, klick, klick machten die Ringe auf den Tasten.

»Beauty Care aus Stuttgart.«

»Stuttgart?«

Sonja wurde hellwach.

»Ja. Sie haben daraufhin alle Beziehungen zu uns abgebrochen. Ein herber Verlust. Das ist mit Geld gar nicht zu bezahlen!«

»Name?«

Sonja geriet in Panik und schaffte keine ganzen Sätze mehr.

»Beauty Care, wie ich bereits sagte.«

»Und Beauty Care gehört ...?« Sie wurde ungeduldig.

Klick, klick, klick.

»Johannes von der Driesch junior. Der Senior hat sich zurückgezogen, erst vor kurzer Zeit, und der Sohn macht jetzt die Geschäfte ...«

Aber Sonja wollte nur noch raus hier. Stuttgart, Stuttgart stand in großen Lettern auf ihrer Stirn.

»Lesen Sie eigentlich keine Zeitung?« fragte sie noch im Hinausgehen.

»Um was geht es denn, wenn ich fragen darf?«

»Sie dürfen nicht, tut mir leid«, Sonja tat geheimnisvoll.

»Aber wenn ich noch irgend etwas für Sie tun kann ...«

»Dann melde ich mich! Zunächst vielen Dank!«

Er mußte sofort zum Telefon greifen, noch ehe die Tür ins Schloß fiel.

Im Büro versuchte sie, ohne Aufsehen an ihren Schreibtisch zu gelangen. Da stand er, verwaist und unbewohnt, ein Denkmal ohne Inschrift. Akten türmten sich vorwurfsvoll, tadelnd. Der Aschenbecher mit der letzten hastig ausgedrückten Zigarette, der alte Drehstuhl verschoben, der Sitz noch ausgesessen, als habe sie sich gerade erst erhoben, kraftlos und erledigt, zum nächsten Fall gehetzt.

Wehmütig warf sie einen Blick auf die kleine Zimmerlinde mit ihrem letzten Blatt, sie hatte noch drei gehabt, bevor Sonja in Urlaub ging. Männer gießen keine Blumen. Sie haben Wichtigeres zu tun. Die Kaffeetasse, ein Geschenk der Kollegen zum Einstand, »Nobody is perfect. I am nobody«, setzte an, Kulturen aus Sporen und Mikroorganismen.

Ist es wahr, daß sie hier Tag für Tag sitzt und grübelt, gerügt, gehänselt, zerpflückt vom Kreis der ewig Jungen? Es muß Jahre her sein.

Als sie sich umdrehte, standen sie alle hinter ihr.

Bartmann mit diesem beleidigten Blick, Alex, der grinsend seine rechte Hand mit drei Fingern in die Höhe hielt, noch drei Tage, das wußte sie auch, Stephan, dessen schwarze Plüschaugen feucht wurden, und Jörg, der gedankenverloren den Kopf schüttelte. Sogar Melanie hatte ihre Zöglinge, Kaffeemaschine und Fax, verlassen und flötete:

»Schön, daß Sie wieder da sind, Frau Senger.«

»Ja«, fing jetzt auch Bartmann an, »ohne unsere Miss Marple ist das Leben nur halb so schön.«

»Sie sehen wunderbar aus«, sagte Melanie mitleidig.

Aber nein, sie sah nicht wunderbar aus, sie mußte aussehen wie dem Pleistozän entsprungen für diese Unter-dreißig-Jährigen hier, die über Gut und Böse Bescheid wußten, wie frischgeschlüpfte Kaulquappen und für die das Alter eine unheilbare Krankheit sein mußte, letal.

»Seltsam, nicht wahr!«

Sie lachten verlegen.

»Wir haben Sie vermißt, wirklich«, beteuerte Melanie, versuchte gutzumachen, was die Herren in all ihrer jugendlichen Selbstgefälligkeit versäumten.

»Sie müssen noch eine Weile ohne mich auskommen«, sagte Sonja, »ganze drei Tage, wird das gehen?«

Bartmann stöhnte auf.

»Chef, ich hab's eilig, wollte nur die Unterlagen holen, bin sofort wieder weg, keine Zeit für Erklärungen, aber keine Sorge, bin nah dran«, und sie grinste Alex zu, »wie Sie sehen, ich arbeite selbst im Urlaub!«

»Frau Senger«, setzte er an, aber sie wühlte ohne ihn weiter zu beachten in ihren Schubladen.

»Wenn Sie die Unterlagen zu den Fällen Stuttgart, München, Hannover suchen, die habe ich an Herrn Fuchs übergeben. Er bearbeitet jetzt den Fall, da Sie ja…«

Alex drückte ihr die Akten wortlos in die Hand.

Hinter ihm an der Pinnwand hing er immer noch, dieser gelbe Zettel, dem keiner Beachtung geschenkt hatte, und Alex folgte ihrem Blick. Er grinste, zog die Nadel heraus, zerknüllte ihn, wortlos, und warf ihn schwungvoll in den Papierkorb neben ihrem Schreibtisch, ohne ihn zu treffen.

»Wenn ich sage, es geht nicht, dann geht es nicht!« schnaubte Bartmann. Herr über Sein und Nichtsein.

»In Ihrem Alter«, begann Melanie zögernd und wagte sich weit vor, sehr weit, »müssen Sie vorsichtig sein…«

Was immer sie damit meinte, Sonja verstand.

»Sehr richtig, in meinem Alter kann jeder Urlaub der letzte sein.«

Sie ging durch sie hindurch, teilte sie wie das Rote Meer, ließ sie stehen wie die letzten Halme eines gemähten Feldes.

Und wünschte Melanie die Pest, die schwarze!

Und dann ging sie noch mal in die Kneipen am Zurlaubener Ufer, in denen sie mit Alex zu Beginn ihrer Ermittlungen gewesen war, diesmal mit Muriels Foto.

Ja, wer würde sich nicht an diese Frau erinnern?

Aber sie hatte immer allein das Lokal verlassen, auch dann, wenn schon mal jemand zu ihr an den Tisch gekommen war, angezogen von ihrer Schönheit, in der Hoffnung auf ein Abenteuer.

Alle Glocken läuteten

Sie verlor Zeit und Raum und wußte nicht, wie lange sie da auf dem Boden gesessen hatte, umgeben von Blättern, Notizen, Berichten, Protokollen, Fotos, die sie immer wieder neu sortierte, aufnahm, hinlegte, übereinanderstapelte, als sie hörte, wie sich die Haustür öffnete.

Sie sah erschreckt auf die Uhr, zehn Uhr, draußen war es hell. Samstag also. Und der da hereinkam, war Jerome, den sie vergessen hatte vom Flughafen abzuholen.

Sie rappelte sich hoch, die Beine von den Knien abwärts eingeschlafen, der Rücken schief und die Haare zu Berge.

»Jerome!«

Ihre Stimme sollte freudig erregt klingen, aber es kam nur ein Krächzen heraus von den vielen Zigaretten. Sie hatte für drei Tage im voraus geraucht, mindestens.

Er stand in der Tür, braungebrannt mit dem Staub von Jahrtausenden in seinen Haaren, wedelte mit Händen den Rauch beiseite, der das Zimmer füllte.

»Wo bist du, chérie? Ich sehe nichts!« lästerte er munter drauf los.

Gott sei Dank, er war nicht böse, daß sie ihn sitzengelassen hatte.

»Hier! Wo sonst!«

Sonja hatte Mühe, in diese Welt zurückzukehren, und auch, sich über Jeromes Ankunft zu freuen. Aber jetzt, wo er da war, war es gut, und sie merkte, wie sehr sie ihn vermißt hatte.

Jerome wußte, wie es ist, wenn man Raum und Zeit vergißt, und wollte von ihren Entschuldigungen nichts hören. Er ließ Tasche und Rucksack fallen, entledigte sich seiner sandigen Klamotten und zog sie mit unter die Dusche.

»Komm, chérie, wir haben's nötig!«
»Das Duschen?«
»Ja, das auch!«

Es war schon Nachmittag, als er endlich mit seinen Erzählungen zu einem Ende kam. Und in ihrem Kopf vermischten sich seine Ausgrabungen mit den ihren. So weit waren ihre Berufe gar nicht voneinander entfernt. So wie er eine Scherbe an die andere setzte, reihten sich ihre Indizien, so vage seine Datierungen oft waren, so unsicher waren ihre Entdeckungen.

»Was machst du, Jerome, wenn alles zusammenpaßt, aber nicht passen kann?«

»Das gibt es nicht«, sagte er entschieden, und so, wie er es sagte, war es endgültig, und eine Tür schloß sich vor allen Zweifeln.

Irgendwann drückte er ihr diesen eisblauen Stein mit vier weißen Augen in die Handfläche und sagte: »Hier! Ein Talisman. Den hängt man in der Türkei den Maultieren um den Hals gegen den bösen Blick«, und schloß ihre Finger darum.

»Danke!« sagte sie ergriffen, »ich meine wegen der Maultiere.«

Er grinste.

»Ich könnte einen gegen blaue Augen gebrauchen...«, murmelte sie, aber hielt ihn fest.

Und sie verschwieg, daß Marco seine Augen in ihre versenkt hatte, und Jerome sah die Spuren nicht.

Als sie von Heiners düsterem Leben auf dem Hof des Vaters erzählte, nickte er.

»Ein Fall für dich, stimmt's?«

Er wußte, daß sie nicht ruhen würde, bis sie Heiner da herausgeholt hätte.

»Ja, Polizeiarbeit ist...«

»...Sozialarbeit, ich weiß. Ich kenne dich; es trifft die schwächste Stelle in dir!«

Es tat gut, mit ihm zu reden, er brachte alles auf den Punkt. Ihre Probleme wurden kleiner in seinen Armen, die Lösung möglich.

»Kannst du dir vorstellen, daß sie...«

»Oh oui, sehr gut inzwischen, nach allem, was du erzählst, benutzt sie die Menschen wie ...«

»Marionetten?«

»Ja, vielleicht.«

Hatte sie nicht selbst oft genug gedacht, Muriel selbst hinge an unsichtbaren Fäden?

Als er die drei Bücher auf ihrem Nachtisch sah, klappte er sie anerkennend auf.

»Auf welcher Seite bist du?«

»Vierhundert oder so«, solche Bücher haben mindestens fünfhundert Seiten, immer. Es würde einen guten Eindruck machen, und das könnte nicht schaden.

»Ach ja?« Und hielt ihr die letzte Seite unter die Nase.

»Dreihundertvierundachtzig.«

Eins zu null für ihn.

Reumütig folgte sie ihm ins Amphitheater, hing an seinen Lippen, die von Kaiser Konstantin und seinen grausamen Tierhatzen und Gladiatorenkämpfen kündeten, Blut war literweise in diese Erde geflossen, sie spürte es unter ihren Füßen, ließ Zahlen und Namen widerspruchslos über sich ergehen, und Jerome wurde nachgiebig.

Und in Karl Marx' Geburtshaus, streng sozialistisch auf knarrenden Dielen, im Taumel der Euphorie, hätte er ihr verziehen, beinahe.

»Was erwartest du von mir, soll ich in grobem Leinen auf blutenden Knien hinter dir herrutschen und in ein schwarzgesäumtes Taschentuch heulen?«

Sie platzten in eine Priesterweihe auf dem Domvorplatz. Zwanzig junge rotbäckige Priester mit Engelsgesichtern, erleuchtet, unter gelben Flaggen, nahmen die Glückwünsche ihrer Angehörigen entgegen, und die Sonne kam heraus, unvermittelt und heiß, und alle Glocken der Stadt läuteten.

Mißtrauisch allen Heilsverkündern gegenüber, wich sie aus, sie glaubte schon an eine Macht da draußen am Ende der Scheibe, aber ihr Gott ist das Schicksal.

Als sie vor dem gläsernen Aufzug der Akademischen Buchhandlung in der Fleischstraße standen, sah sie den blassen Meul zwischen den Regalen.

»Ah, das sind Sie ja wieder«, begrüßte er Sonja, und sie wunderte sich, daß er sich ihr Gesicht gemerkt hatte.

»Sie wollte, daß ich ihr erzähle, was in den Büchern steht, die sie gekauft hat, wahrscheinlich, damit sie sie nicht lesen muß!« kumpelte er in Richtung Jerome. Sie grinsten beide. Männer!

Sah er Jerome an, daß er Archäologe war, oder hatte er den siebten Sinn, jedenfalls standen die beiden sehr schnell vertieft in diese Bücher, um die sie stets einen weiten Bogen machte. Sie fachsimpelten kollegenhaft und vergaßen die Welt um sich.

Sonja verzog sich in die Ratgeberecke, die mit den Psycho-Tips mit Selbstheilungseffekt. Sie liebte sie, nicht weil sie wirklich halfen, sondern weil sie ihr das Gefühl gaben, verstanden und umsorgt, nicht allein zu sein mit diesen Problemen.

Die Verlage druckten mindestens fünftausend Stück, und die wurden gekauft!

Worte wie Horrea, Aula Palatina, Diokletian, Poppo drangen an ihr Ohr, und ihre Augen lasen ›Das Alter – kämpfe nicht dagegen an, lebe es!‹, ›Die Wechseljahre – eine neue Chance!‹, ›Eine neue Liebe – Liebe im Alter!‹, ›Sex über fünfzig!‹ – das waren die Themen, die die Menschheit berührten.

Plötzlich standen Jerome und Meul wieder neben ihr und hielten ihr stolz ein Buch unter die Nase, dick, zerfleddert, antik bis auf die letzte Seite.

»Sieh hier, chérie, Idenheim 1826!«

»Schön!« sagte Sonja.

Da standen sie mit glühenden Wangen.

Kein Brunnen, kein Wirtshaus, keine Muriel, kein Heiner. Prima!

»Schön, aber was nützt mir das?«

Verständnislos sahen sie sich an, die Experten der Vergangenheit, und schüttelten mitleidig die Köpfe.

Auf dem Heimweg blieb Sonja in der Jakobstraße vor einem Lokal stehen.

»Wir sollten uns eine Stammkneipe zulegen! Wie wär's mit dieser hier, ›Mintons Playhouse–, Jazz Club, sieht doch gut aus, was meinst du?«

Aber Jerome hatte ihr noch nicht verziehen, er zögerte noch.

»Morgen«, sagte Sonja zu Hause, »werde ich es zu Ende bringen. Wie auch immer.«

»Das ist die richtige Einstellung, so gefällst du mir, und ich fahr mit«, kam die prompte Entscheidung.

»Das wirst du nicht. Meinst du, ich habe Lust, wieder mitanzusehen, wie sie dir den Kopf verdreht? Nein, nein, das ziehe ich allein durch.«

»D'accord, aber wenn du morgen nachmittag nicht zurück bist, dann schlage ich Alarm. Ich will dich nicht als Statue, sondern als Frau, lebendig ... atmend ... knuddelig ...«

Er zog sie aufs Bett.

»... warm ... weich ... und ungeheuer sexy ...«

Sie wehrte sich, als er ihr T-Shirt hochschob.

»... betörend ... leidenschaftlich ... zärtlich ...

Er hatte ihr verziehen, gnädigerweise.

»Ja, ja, ich weiß, morgen ist meine Uhr abgelaufen. Alex steht auch schon in den Startlöchern.«

Und später lag er da und schlief tief und fest, und sie dachte an Marco.

Mitten in der Nacht stand sie auf und legte ihre Dienstwaffe bereit, die sie mied, aber sie wollte sie morgen nicht vergessen, vielleicht würde sie sie brauchen.

Fieber

»Warum bist du gekommen?« fragte Muriel ohne zu lächeln und ohne sie hereinlassen zu wollen, als sie Sonntagmittag bei ihr auftauchte. Sie zog die Tür hinter sich zu, und beide standen sich gegenüber.

Sonjas Blick fiel auf ihre Hände, rot, roh, wundgescheuert, blieb daran hängen, konnte sich nicht abwenden, auch nicht, als Muriel es bemerkte und sie verwundert ansah und ihre Hände schließlich in die Taschen ihrer Jacke steckte. Diese Hände, so hatte sie diese Hände noch nie gesehen!

»Was ist mit deinen Händen passiert?« stieß sie schließlich hervor, konnte kaum schlucken, Atem holen.

»Was soll damit sein?«

»Deine Hände...«

Muriel zog sie nicht wieder aus den Taschen, aber sie glühten wie geschmolzenes Eisen durch den Stoff.

»Ich habe gearbeitet, was sonst?«

»Aber...«

»Bist du deswegen hier?«

»Vielleicht«, sagte Sonja stockend, »wir sollten miteinander reden, findest du nicht?«

Wie sollte sie erklären, daß sie wegen dieser Hände hierhergekommen war, nicht nur, aber auch?

»Ich wüßte nicht, worüber.«

Eisige Abwehr schlug Sonja entgegen.

»Zum Beispiel würde ich dir gern erklären, daß ich nicht als Kommissarin hierher gekommen war, nicht dienstlich. Ursprünglich.«

»Als was denn?«

»Obwohl du die Polizei eingeladen hast, nicht wahr?«

Muriel lächelte wissend.

»Alex hat dir erzählt, daß wir in einigen Fällen ermitteln, in denen Männer auf der Durchreise in Trier verschwunden sind. Wir kamen nicht weiter, nicht von der Stelle, saßen fest. Und ich war verzweifelt. Und dann tauchte deine Einladung im Präsidium auf.«

Muriel schwieg, und Sonja fuhr fort.

»Und ich habe mich darüber gewundert, daß so eine Einladung ins Präsidium geschickt wird. Ich bin sehr neugierig. Und dann kam ich hierher ... und habe deine Hände gesehen.«

Muriel hob erstaunt die Augenbrauen. Aber Sonja sah, daß diese Hände sich zu Fäusten ballten, der Stoff sich wölbte.

»Ja, es klingt albern, aber es sind diese Kleinigkeiten, über die man stolpert. Ich konnte mir nicht vorstellen, daß man lebensgroße Figuren herstellen kann mit diesen Händen!«

Muriel wartete ab, schien gelangweilt, gleichgültig.

»Ich wollte herausbekommen, wie du es machst.«

»Und hast du es?«

»Nein, deswegen bin ich hier.«

»Nun, wenn ich dir irgendwie behilflich sein kann«, sagte Muriel unschuldig.

»Ich denke ja, laß uns ins Dorf gehen, und ich zeige dir, was ich meine.«

»Wie du willst ...«

Sie gingen schweigend.

Ein trüber Himmel hing über ihnen, keine Sonne, keine Wolken, kein Regen, nur grau bis zum Ende der Hügel, ein Wind zog auf, das Wetter würde sich bald ändern.

Sie ließen sich auf den Holzbänken in der Gastwirtschaft unter dem Walnußbaum nieder, der bronzene ›Sitzende‹ drüben am Brunnen schimmerte durch die Heckenrosen am Parkplatz.

Es war die Zeit für Ausflügler, eine Rast einzulegen, der Biergarten war gut besucht, und die Wirtin brachte volle Gläser. Die Einheimischen hatten sicher Besseres zu tun, auf ihren Höfen, in den Küchen, auf den Feldern.

Nach dem ersten Schluck Bier nahm Sonja ihren Mut zusammen.

»Sieh hinüber«, sagte sie, »weißt du, was ich meine?«

»Na was?« Muriel träumte vor sich hin, gelangweilt.

»Dein ›Sitzender‹ da drüben, er könnte einer dieser Männer sein, die wir suchen, er wirkt so echt, so lebendig, als könnte er jeden Moment aufstehen, zu uns herüberkommen, sich zu uns setzen, ein Bier bestellen ...«

Muriel lächelte.

»Danke für das Kompliment!«

»Und es gibt vier Stück davon, und wir suchen vier Männer, die auf die gleiche Weise verschwunden sind!«

»Zufall?« wollte Muriel wissen und nippte an ihrem Wasser, unberührt und gelassen wie immer. Sonja sah ihre Hände am Glas, immer noch wund.

»Ich glaube nicht an Zufälle.«

Sie saßen nebeneinander, wie lange schon, ohne miteinander zu reden. Muriel schien es nicht zu vermissen, in welcher Welt war sie? Eine Welt, in der sie, Sonja, nichts verloren hatte und niemand sonst.

Irgendwann stand Muriel auf, und sie gingen zurück zum Hof.

Sie waren einsilbig, aber es war kein friedliches, einvernehmliches Schweigen, es war das Schweigen zwischen Kämpfern, die die Macht des anderen ausloteten.

Ein feiner, streuender Nieselregen setzte ein, den sie kaum spürten, der nur auf den ausgetrockneten Steinen kleine, schwarze Punkte verteilte.

»Und was war mit diesem Alex Fuchs?« fragte Muriel plötzlich.

»Ein dummer Zufall«, sagte Sonja so beiläufig wie möglich. »Er hatte dich in Trier gesehen, der Kindskopf. Er meinte, es sei Liebe auf den ersten Blick.«

Muriel lächelte.

»Er hat mich verrückt gemacht. Er hat überall nach dir gesucht. Das muß dir doch schon öfter so gegangen sein, oder?«

»Ja, schon. Aber ich gebe nichts darum.«

»Alex schon. Er ist noch sehr jung, und ich glaube, da war noch nicht viel mit Frauen. Vielleicht eine Schwärmerei, vielleicht mehr.

Er ist kein Beau. Die Frauen fliegen nicht auf ihn. Er muß um sie kämpfen.«

Als Muriel die Stiege zu ihrem Schlafzimmer hochkletterte, um sich umzuziehen, stand Sonja unten an der letzten Stufe, sah ihr nach und rief:

»Du hast eine wunderschöne Truhe da oben in deinem Zimmer. Ein Erbstück?«

»Ja. Von meinen Eltern.«

»Eine Schatztruhe?«

»Kann man so sagen.«

Muriel war oben angelangt und schloß die Tür hinter sich. Etwas zu laut und zu abweisend. Sonja ging ihr langsam nach und öffnete vorsichtig die Tür. Sie fand Muriel auf ihrem Bett sitzend.

»Entschuldige ...«

»Ja?«

»Es ist nur ... am Dienstag, vorige Woche, als ich hier war und du draußen im Garten. Ich habe hineingesehen. Ich hätte das nicht tun sollen, aber ...«

»Richtig, aber?«

Sonja wurde zornig.

»Schon, wenn man einen Verdacht hat, nicht wahr? Was sind das für Kleidungsstücke?«

»Du bist wirklich sehr neugierig.«

Sonja hielt es kaum noch aus.

»Diese Sachen, sie erinnern mich irgendwie an unsere Vermißten.«

Muriel lächelte geistesabwesend.

»Erinnern ist vielleicht nicht das richtige Wort«, fuhr Sonja fort.

»Du glaubst, sie sind es, nicht wahr?«

»Ja, ich bin sicher.«

Nur Gleichmut.

»Du würdest mir wahrscheinlich nicht glauben, wenn ich dir sagen würde, daß sie einem Mann gehören, mit dem ich bis vor kurzem zusammengelebt habe ...«

»Nein!« sagte Sonja im sicheren Ton der Überzeugung.

»Siehst du? Dann brauche ich es auch nicht zu sagen!«

Diese Frau machte sie wahnsinnig. Natürlich konnte es so sein, die Reste einer Beziehung, einer Affäre, und sie sah den enttäuschten, betrogenen Liebhaber das Haus verlassen bei Nacht und Nebel, nur mit dem, was er auf dem Leib trug, nach einem heftigen Wortgefecht, keine Zeit mehr, Koffer zu packen.

»Und jetzt?« fragte Muriel desinteressiert.

»Jetzt fehlen mir nur noch diese Männer dazu!«

»Ach ja?«

Sonja ließ sie da sitzen und ging hinunter ins Atelier.

Irgendwo hier mußte der Schlüssel zu diesem Geheimnis zu finden sein. Aber sie fand nur Werkzeug, Töpfe, Gipsbinden, Zementsäcke...

Sie drehte sich um und ließ ihren Blick durch das Atelier wandern, als Muriel eintrat, in ihrem schwarzen Kleid mit den roten Haaren bis in die Taille. Sie lächelte. Sonja wunderte sich, was sie wohl vorhatte, daß sie dieses Kleid angezogen hatte. Aber sie fragte nicht.

»Nun, hast du gefunden, wonach du suchst?«

»Nein.«

Ihre Blicke irrten umher, und an der hinteren Rückwand, auf dem Boden liegend, sah sie plötzlich das Stück einer Skulptur, vielleicht eine Hand oder war es ein Knie, unter der Werkbank hervorragen.

»Oh! Du hast eine neue Arbeit begonnen?«

»Ja«, sagte Muriel nur, abwartend.

Langsam ging sie zwischen den Zementsäcken und den Eimern hindurch. Vor der Werkbank lag eine Gestalt, ganz grau von Zement und Gips, auf dem Rücken, ein Bein mit dem Fuß aufgestemmt, das andere flach daneben, die Arme verschränkt auf dem Bauch, die Hände ineinander verschlungen. Das Kinn auf der Brust.

»Diese Figur hier ist anders als deine anderen, nicht wahr?«

»Kleiner, ja, es hat sich so ergeben.«

Das hier war kein Athlet, kein muskulöser, durchtrainierter Körper, das hier war ein kleiner, zierlicher Mann, nur Haut und Knochen mit viel zu langen, spindeldürren Armen. Sie beugte sich hinab und strich mit den Händen über den Bauch und die Beine und fühlte, daß der Gips kühl und noch nicht vollständig getrocknet war. Die oberste Schicht sicher, aber darunter schien er noch feucht zu sein. Muriel mußte gerade erst fertig geworden sein.

»Ich muß gestehen, ich habe lange nicht geglaubt, daß du überhaupt eine Bildhauerin bist«, sagte Sonja. Als sie sich wieder aufrichtete, warf ihr rechter Arm eine Farbdose um, die herunterfiel, und eine bronzene Lache ergoß sich über die Gestalt, ein Stück Gips platzte ab an der Schläfe, und als sich Sonja erneut niederkniete, um den Schaden zu beheben, sah sie darunter Gipsbinden, Mull getränkt in Gips, und eine furchtbare Ahnung befiel sie.

Sie kratzte an dieser Stelle, ungeachtet der klebrigen Farbe, und merkte, daß sich Krümel lösen ließen, die unter ihren Fingernägeln hängenblieben. Sie verrieb sie zwischen den Kuppen, und dann plötzlich fing sie wie besessen an, auf dem Gesicht zu kratzen, zu reiben, zu schaben, mit beiden Händen gleichzeitig. Sie bohrte verzweifelt die Nägel in den Gips, die Zeit im Nacken, die ihr bleiben würde, bis der Gips vollständig getrocknet sein würde, riß und zerrte an den Binden. Ihre Hände wurden heiß, und die Finger schmerzten, aber sie legte langsam die Stirn, die Nase, den Mund und ganz vorsichtig die Augen frei.

Entsetzt schlug sie ihre grauen und bronzenen Hände vor die Augen, die Gipskrümel rieselten ihre Wangen hinab.

Als sie es wagte, die Hände langsam hinunter gleiten zu lassen, war es immer noch da, dieses Gesicht, es würde immer da sein, sie würde es nie mehr vergessen.

Alex, der Kleine, der Nimmermüde, der Wiesel, der sie verrückt gemacht hatte mit seinem Herumgezappele, diese Arme würden nie wieder hin- und herfuchteln wie die eines Octopusses, die Füße nicht mehr scharren vor Eifer, die Augen nie wieder von einem zum anderen jagen, sein Adamsapfel für immer stillstehen.

Sanft strich sie über seine Stirn und die Augen, seine Schultern und die Arme.

Muriel stand neben ihr, nicht erstaunt, nicht unsicher, nicht ängstlich vor der Enthüllung.

Sie sah auf das freigelegte Gesicht, und mit einem Blick auf Sonja sagte sie belustigt:

»Mein Gott, wie siehst du aus?«

Sonja erhob sich wortlos und ging hinüber zum Zeichentisch, stützte die Ellbogen auf und verbarg ihr Gesicht in den verkrusteten Händen.

Muriel folgte ihr lautlos.

»Ich wollte es nicht, auch wenn du mir nicht glaubst. Natürlich wirst du mir nicht glauben...«

Muriel drehte sich auf dem Absatz um und wollte das Atelier verlassen. Aber Sonja folgte ihr, ergriff mit beiden Händen ihre Schultern und schüttelte sie mit aller Kraft, daß ihr Kopf hin- und herwackelte wie der eines toten Huhnes und ihre rote Mähne ihr Gesicht ganz bedeckte.

»Wie?« schrie sie in das Puppengesicht.

Bedächtig brachte Muriel ihre Locken wieder in Ordnung und sah Sonja direkt in die Augen.

Sonja stieß sie von sich.

»Wie?«

Sie konnte das kalte, leere Loch hinter dieser Frage nicht länger ertragen. Als Muriel immer noch nicht antwortete, griff Sonja wahllos in das herumliegende Werkzeug.

»Hiermit?« und sie fuchtelte Muriel mit dem Meißel vor den Augen herum. Muriel schüttelte den Kopf.

»Hiermit?« Sonja griff nach dem Hammer.

»Nein«, wehrte Muriel ab. »Was soll das? Was denkst du von mir? Ich hasse Gewalt, Blut...! Ich weiß nicht, was du willst. Sie haben es freiwillig getan. Alle! Ja, sie waren scharf drauf! Sie taten, was ich wollte, ohne Zwang, einfach so. Sie sind alle drauf eingegangen. Nur, daß sie bis zuletzt dachten, ich würde sie da wieder rausholen.«

»Wieder rausholen?« Sonja stockte der Atem.

»Und das hatte ich ja auch vor, selbst wenn du mir das nicht glaubst. Es war ein Unfall, beim ersten zumindest.«

»Johannes von der Driesch?«

Muriel zog erstaunt die Augenbrauen hoch.

»Du bist gut informiert. Ja, schade um ihn. Ich mochte ihn. Er ist der ›Bauchliegende‹, an dem ich besonders hing.«

»Unfall, sagst du?«

»Ja. Er ist an Überhitzung gestorben.

»Wie bitte?«

»Jo wollte, daß ich ihn mit einer Art Grundierung überziehe, einer dicken Fettschicht, damit das Gips-Zement-Gemisch besser hält und die Haut nicht verletzt wird. Aber die Poren werden völlig verstopft und lassen den Austausch der Körperflüssigkeiten, das Atmen nicht mehr zu. Die Körpertemperatur kann nicht mehr gehalten werden, wenn über zwei Drittel der Poren verstopft sind. Es ist wie Fieber, wie sehr hohes Fieber, ein Fieber, an dem man stirbt. Ich wußte es auch nicht und er auch nicht.«

»Fieber?«

»Ja«, sagte sie lakonisch und zuckte mit den Schultern, als beträfe sie es nicht.

Sonja schwieg und versuchte sich vorzustellen, was hier geschehen war. Sie waren ihr gefolgt bis hierhin, ihrer Schönheit und ihrem Zauber erlegen, hatten auf ein Liebesabenteuer gehofft, hätten alles dafür getan. Sie hatten ihr Modell gestanden, stolz, daß sie sie für schön genug hielt. War das der Preis gewesen für ihre Liebe? Sie hätten alles für eine Nacht mit ihr gegeben. Und sie haben es!

»Also eigentlich ist es eine Art Ersticken, genau genommen«, Muriel sprach zu sich selbst, »medizinisch gesehen, wie auch immer, Exitus.«

»Exitus?«

»Ja. Es geht sehr schnell. Es passiert in einer knappen Stunde. Aber viel länger brauchte ich auch nicht, um die Gipsbinden zu wickeln. Das war die ganze Kunst. Ich wickelte nur viele Lagen Gipsbinden, von den Füßen über die Beine, den Rumpf, die Arme, den Hals, den Kopf. Das kann jede Krankenschwester, daß kann jeder, selbst du. Es gab nicht viel zu modellieren, das Kunstwerk entstand irgendwie von ganz allein. Faszinierend. Man muß kein Künstler sein, wenn man Modelle hat, wie ich sie hatte.«

Muriel lächelte in den Mundwinkeln.

»Und diese deine Modelle, sie haben nichts gemerkt?«

»Nun, sie haben gejammert, manche, wegen der Hitze ... aber sie waren schließlich tapfere Helden...«

Sonja versuchte ihre Gedanken zu ordnen.

»Aber hast du nicht in der Zeit noch in Trier...«

»Aha, Frau Kommissarin waren fleißig. Nicht ganz. Es überschnitt sich ein bißchen. Ich hatte gerade den Hof hier gekauft. Jo kannte ich schon länger. Beruflich, aber das weißt du ja sicher.«

»Aber warum?«

»Warum, warum? Du kannst Fragen stellen. Es war ein Spiel!«

»Wie lustig!«

»Mein Gott, spiel dich nicht als Moralapostel auf. Es ist nicht jeder so verklemmt wie du!«

Sonja verschlug es die Sprache.

»Wenn du es unbedingt wissen willst, war es eigentlich Jos Idee. Er hat auch hier den Hof gekauft.«

»Ich denke, deine Eltern...«

»Es war Jo, und er wollte mich hier haben als Geliebte, so würdest du es wahrscheinlich nennen. Weit genug von anderen Männern entfernt. Er war entsetzlich eifersüchtig. Hier hätte mich so schnell kein anderer verführen können, hier war er meiner sicher.«

»Und er hat dich auch aus dem Vertrag mit ›Les Visages‹ freigekauft?«

»Gut recherchiert! Ja, er zahlte. Ich war es ihm wert.«

»Und dann?«

»Dann hatte er die Idee, hieraus eine Künstlerwerkstatt zu machen, und er überredete mich. Ich habe keine Ahnung von Kunst. Nie gehabt und mich auch nicht dafür interessiert. Er kaufte den ›Kreis der Dinge‹ um mich zu inspirieren, von einem berühmten Künstler aus Stuttgart. War ein ziemlicher Aufstand, ihn hierher zu transportieren. Er ließ nicht locker und brachte mir ein bißchen was bei. Und dabei ist es dann passiert. Er wollte unbedingt Modell stehen, er fand es ungeheuer erotisch! War es ja auch, muß ich zugeben.«

Muriel hing ihren Gedanken nach und lächelte.

»Aber, wenn der erste ein Unfall war, was war mit den anderen?« Sonja konnte es immer noch nicht fassen.

»Nun, es erwies sich als ... sagen wir interessant. Irgendwas muß ich schließlich hier draußen machen.«

»Du hättest Kühe melken können.«

»Ja, sicher, aber das wäre mit Sicherheit weniger aufregend gewesen, was meinst du? Und ich habe nichts gelernt, außer Model zu sein. Ich war wahnsinnig stolz, so erfolgreich zu sein. Nicht als Model, sondern mit meiner Hände Arbeit. Ich hatte etwas getan, wirklich getan, und nicht nur einfach dagestanden und in die Kamera gelächelt. Und es war gut geworden, so gut, daß man sich um meine Arbeiten riß! Das hätte ich nie für möglich gehalten. Ein wunderbares Gefühl! Es war wie ein Rausch, weißt du? Erfolg macht süchtig und dieser hier besonders. Ich habe mir das nicht zugetraut und doch geschafft, kannst du das nicht verstehen?«

Sonja schwieg.

»Ich entdeckte meine Liebe zur Kunst.«

»Kunst? Du meinst deine Liebe zum Töten!«

»Ach!« Muriel machte ihre wegwerfende Handbewegung. »Und außerdem, das kam noch dazu, blieb mir das Hinterher erspart, weißt du, das wäre mir wirklich lästig gewesen, auf die Dauer. So war es wesentlich einfacher für mich. Ich wäre selbst nie darauf gekommen. Wie hätte ich es sonst machen können? Normalerweise werden diese Figuren gegossen, das ist eine höllisch schwere Arbeit. Ich wäre zu schwach dafür gewesen, da fehlt mir die Kraft. Ganz einfach.«

Und sie hielt demonstrativ ihre schmalen Arme in die Höhe.

»Ganz im Gegensatz zu meinen Modellen, aber die waren ja nun mal verhindert, könnte man sagen ...«

Und wieder dieses provozierende Kichern.

Sonja wurde übel.

»Ich wäre niemals drauf gekommen«, sagte sie zögernd.

Nein, nicht im Traum!

»Das habe ich gehofft. Und ... bist du jetzt zufrieden?«

»Das ist nicht das richtige Wort.«

Beide schwiegen.

»Aber Heiner, hat er denn nichts mitbekommen?«

»Ich weiß nicht. Er hätte sie sehen können, als sie hier ankamen, aber das war immer schon spät, und abends geht er nicht mehr vor die Tür. Und daß sie noch in den Skulpturen sein könnten, die er in den Garten getragen hat, darauf ist er wohl nicht gekommen. Und selbst wenn, du weißt, er ist ... nun sagen wir ... ein bißchen zurückgeblieben, man würde ihn nicht ernst nehmen, so viel ist sicher. Der hat ganz andere Sorgen. Der will bloß überleben ...«

»Was soll das heißen, bloß? Hölle genug!«

Muriel zuckte mit den Schultern.

»Und Alex?«

Ja, auch Alex war ihr verfallen, er hätte alles für sie getan, seine Prinzessin, seine Fee. Hatte sich eingipsen lassen bei lebendigem Leib, nur um ihre Beachtung zu finden.

Sonja wartete.

»Er kam heute morgen hierher. Ein paar Stunden nur vor dir«, begann Muriel zögernd.

Der Idiot, dachte Sonja, er hatte mir versprochen ...

»Weißt du, er ist eigentlich nicht mein Typ. Er ist viel zu klein, zu schmächtig. So eine Figur gibt nichts her, siehst du ja«, und sie zeigte abfällig auf die kleine zementgraue Figur auf dem Boden zwischen all den Kisten und Kästen.

»Aber er wollte unbedingt. Ich glaube, er wollte wissen, wie ich es mache. Ob er mir auf die Schliche gekommen war? Das frag ich mich jetzt, was meinst du? Er war clever! Ich traue es ihm zu.«

Und Muriel lächelte ihr Lächeln, als ob nichts geschehen sei, und legte den Kopf ein wenig schief.

»Aber es hatte natürlich einen gewissen Reiz, einen Polizisten, der noch dazu auf meiner Fährte ist, zu ... verarbeiten ... ja, ich muß sagen, das hatte was! Ein ganz besonderer Genuß! Dir kann ich es ja sagen, sein Kreislauf brach ziemlich früh zusammen, er scheint nicht besonders sportlich zu sein, noch bevor ich ihm ein paar schöne Stunden mit mir versprechen konnte, aber es war noch Zeit, ihm zu sagen, was passieren würde ...«

Sonja hielt den Atem an.

»Dabei werde ich ihn wahrscheinlich nicht einmal verkaufen können, wer will schon so eine mickrige Gestalt, nicht wahr?«

Sie warf ihre Locken zurück.

»Einen ›Rückenliegenden‹ hattest du noch nicht!« sagte Sonja so dicht an der Bitterkeit wie möglich.

»In der Tat, jetzt, da du es sagst. Aber was soll's! Es wird wohl nicht mehr zu einer Vernissage kommen, oder? Du wirst es nicht zulassen.«

Sonja schwieg.

»Weißt du, daß er dich geliebt hat?« fragte sie nach einer Weile tonlos.

Muriel zuckte unbeeindruckt mit den Achseln.

»Das sagen alle!«

Sie machte diese abwertende Handbewegung, die zu ihr gehörte wie das schwarze Kleid und die roten Haare.

»Und dein Vater?«

Muriel fuhr herum, plötzlich wach, bereit zu kämpfen, die Augen verengten sich zu Schlitzen und ihre Stimme auf einmal schrill und schneidend.

»Wie, mein Vater? Was soll das? Was hat der damit zu tun! Er ist tot!«

»Ja, jetzt, aber früher?«

Muriels Stimme blieb da oben, abweisend und drohend, die Hände wurden Fäuste.

»Ich wüßte nicht, was dich das anginge!«

Ihr Mund schmal und verbissen, verletzt.

Sonja nickte nur.

Wortlos ging sie an Muriel vorbei ins Wohnzimmer ans Telefon und hob den Hörer ab.

»Wen rufst du an?«

Muriel stand schon hinter ihr. Die Stimme wieder tief und schmeichelnd, als wäre sie nie anders gewesen.

»Meine Kollegen, wen sonst. Ich werde dich verhaften.«

»Ja, natürlich. Das ist dein Job.«

»Es wäre einfacher für dich, wenn du dich selbst anzeigen würdest, wenn du dich stellen würdest.«

»Oh ja, das macht mir nichts aus. Das kann ich machen. Sicher, wenn du willst.«

»Nein«, schrie Sonja, »nicht, wie ich will! Mir ist das scheißegal, wenn es nach mir ginge, ich würde dich sterben lassen wie sie, ersticken vor Angst!«

Entsetzt sah Muriel sie an, unverständlich diese Wut, unbegreiflich diese Ohnmacht.

»Okay, okay, ich werde mich stellen. Ich werde mit dir fahren. Morgen, ja?«

Sonja sagte nichts. Es war egal. Es war alles egal.

»Laß mir noch eine Nacht hier zu Hause«, sagte Muriel, »um mich von allem zu verabschieden. Ich werde lange nicht hier sein. Ist das möglich?«

Sonja gab nach. Sie hatte keine Kraft mehr und legte den Hörer auf.

»Gut. Morgen.«

»Du kannst hier schlafen. Das ist doch selbstverständlich, du mußt mich schließlich bewachen, nicht wahr?«

Muriel kicherte wieder, als ob sie sie aufmuntern wollte.

»Ja«, sagte Sonja resigniert. Sie hatte zu lange auf diesen Moment gewartet.

»Willst du mir nicht Handschellen anlegen, damit ich nicht fliehen kann?« Muriel schien sich zu amüsieren und streckte ihr auffordernd beide Arme entgegen, die Handrücken aneinandergepreßt, die Finger gespreizt. Sonja sah lange auf die schmalen Arme und schüttelte dann nur den Kopf.

Muriel kuschelte sich unschuldig in den Sessel, aber Sonja blieb aufrecht auf der Sofakante sitzen. Sie würde kein Auge zutun und kämpfte gegen Müdigkeit, Verzweiflung, Trauer.

Da lag sie, die Knie bis unters Kinn gezogen, die Arme umspannten sie, und über allem das schwarze, weite Kleid, witwenschwarz, wie ein zufällig geworfenes Tuch, und die roten Haare, ein weit ausgebreiteter Fächer. Tiger zu ihren Füßen, dessen Fell sich bei jedem Atemzug hob und senkte.

Sonja legte das Kinn in die Hände, die Arme auf die Knie gestützt, und versuchte an den Tag zu denken, als sie ihr das erste Mal begegnet war, an den Tag der Vernissage, an die ersten Tage mit ihr zusammen, die Spaziergänge, die Gespräche bis in die Nacht.

Und sie versuchte, die Gefühle wiederzufinden, die sie damals bewogen hatten, hierher zu kommen, Gefühle verschwendet, und die Verlassenheit war wieder da und legte sich wie viele Lagen Wolle über sie.

»Warum hast du die Polizei zu deiner Vernissage eingeladen?« fragte Sonja endlich in die Dunkelheit. Das würde ihre letzte Frage an Muriel sein.

Muriel kicherte im Halbschlaf.

»Warum bloß?«

»Übermut? Ungeduld? Ich weiß es nicht, ich wollte euch ein bißchen auf die Sprünge helfen!«

»Du wolltest entdeckt werden?«

»Ich wollte euch an meinem Erfolg teilhaben lassen!«

Sie hatte immer Zuschauer gebraucht!

»Es war riskant, ja, aber genau das reizte mich. Mein einziger Fehler war Sascha, weil er aus Welschbillig kam. Ich hatte immer genau darauf geachtet, daß meine Modelle von weit genug her sind, als daß man in meine Nähe kommen könnte, von selbst, meine ich, ohne diese Einladung. Es war ein Spiel. Aber es war schon zu spät, als ich es erfuhr. Wie hätte ich es ihm erklären sollen ... er wäre über mich hergefallen ... und da waren die Einladungen schon unterwegs ... ich ...«

»Du hättest ...«

»Es ist gut so, wie es gekommen ist.«

Nach einer Pause, als Sonja dachte, sie schliefe schon, unterbrach sie mit ihrer leisen, tiefen Stimme die Stille:

»Und was wird aus den Skulpturen im Dorf, Sonja?«

»Was glaubst du?«

»Na ja ...«, sie zögerte, »wenn sie erfahren, daß sie praktisch meine Handlanger waren, sie werden sich schwarz ärgern über das Geld, das sie ausgegeben haben. Irgendwie gönne ich es ihnen. Sie haben schon immer gedacht, daß mit mir etwas nicht stimmt ...«

Endlich gab sie Ruhe.

Sonja wurde von Motorgeräuschen, Reifenquietschen und Türenschlagen aus ihren Gedanken gerissen, und ehe sie aus dem Fenster sehen konnte, hämmerte es schon gegen die Eingangstür.

Muriel schlief bewegungslos, nur Tiger sprang aufgeregt zur Tür und dann auf den Schrank.

Als Sonja öffnete, standen zwei Polizisten davor und Bartmann, und in der letzten Reihe sah sie seine dunklen Locken und sein besorgtes Gesicht.

Der Regen war stärker geworden, sie hatten es nicht bemerkt, aber die Schultern der Männer waren naß und ihre Jackenkragen hochgeschlagen.

»Jerome!«

Er drängelte sich vor und nahm sie in die Arme.

»Du bist nicht zurückgekommen, und da hab ich ein bißchen Rabatz gemacht bei deinem Chef.«

Er blickte sich um, sah Muriel, die sich verschlafen die Augen rieb, auf ihrem Sessel, die kleine Tischlampe, die als einzige brannte, und Tiger, empört auf dem Schrank.

Ein Bild tiefen Friedens.

»Hab wohl übertrieben? Aber ich hatte so ein dummes Gefühl. Pardon. Jetzt kriegst du wohl Ärger.«

»Ich nicht«, sagte Sonja leise und bedeutete Jerome, ihr ins Atelier zu folgen.

Bartmann und die beiden Polizisten blieben gebannt vor Muriel stehen, die sich verträumt und aufreizend auf dem Sessel räkelte und nicht daran dachte aufzustehen, mit unschuldigen Halbmondaugen um sich blickte.

Sonja sah, wie auch ihre Augen gierig zu leuchten begannen und ihren Körper auf- und abwanderten, wie sie nicht mehr von ihr lassen konnten, wie ihre Körper sich streckten und blähten, größer und stärker wurden, die Schultern breiter, wie sie sich aufplusterten wie Hähne auf der Balz. Helden alle zusammen.

Sie entschuldigten sich verlegen für die Störung und wußten nicht wohin mit ihren unbeholfenen Händen und wollten doch nur eines, sie berühren. Um jeden Preis.

»Sieh sie dir an!« flüsterte sie zu Jerome. »Alles Kandidaten! Blut pocht literweise gegen ihre Schläfen!«

»Und in ihren Lenden!« grinste Jerome, der noch nicht wußte, was mit Alex geschehen war.

Als Bartmann und die zwei Polizisten Muriel ins Auto gebracht hatten, drückte Sonja Jerome den Kater in den Arm, der sich wand und davonzuspringen versuchte, aber Jerome erduldete heldenhaft seine Krallen.

»Den schenk ich dir«, sagte sie, »das ist Tiger!«

»Tiger! Mon Dieu, wir werden ihn umtaufen müssen in Louis XIV oder Napoleon oder vielleicht doch eher Robespierre, was denkst du?«

Jerome wollte trösten, aber er konnte es nicht.

»Nenn ihn, wie du willst. Aber halt ihn fest.«

Er setzte ihn ins Auto und schloß die Tür. Tiger mit den Vorderpfoten auf dem Lenkrad ließ Muriel nicht aus den Augen.

Sonja stand unschlüssig an der Gartentür und ließ ihren Blick wandern vom Haus zum Garten, über den Feldweg bis zum Hof der Klamps. Es war schon spät, aber nicht zu spät, um hinüberzugehen. Ein Fenster war noch erleuchtet, das einzige Licht hier weit und breit.

»Warte«, sagte sie zu Jerome, der nickte und ihr nachsah.

Der schwarze Hund tobte im Zwinger, als Sonja mit den beiden Polizisten an ihm vorbeikam. Ihre Schritte knirschten auf dem Kies, als sie den Hof betraten.

Sie schoben die knarrende Tür auf. Modrige Feuchtigkeit schlug ihnen entgegen. Die schmale Diele führte zur Küche, in der niemand saß, aber von da gab es einen Durchgang zur Wohnstube.

Neben dem Kachelofen saß in einem Sessel Vater Klamp, die Augen geschlossen, schnarchend, Mühe, den Kopf zu halten, und ihm gegenüber seine Frau am Tisch, knochig und eingefallen, tief gebeugt über einer Näharbeit.

Sie sah erschreckt hoch, als die drei plötzlich in der Tür standen, und zuckte zusammen, und dann blickte sie herüber zu dem Alten, der die Eindringlinge noch nicht bemerkt hatte.

Sonja ging mit leisen Schritten zu Frau Klamp hinüber und flüsterte:

»Wo ist Heiner?«

Frau Klamp zeigte mit dem Finger zur Decke und murmelte:

»Oben in seinem Zimmer. Er schläft schon um die Zeit«, und mit einem ängstlichen Blick auf die Uniformierten »Hat er was angestellt?«

»Nein, keine Sorge, Frau Klamp. Ich möchte ihn nur etwas fragen. Darf ich?«

Sie nickte.

Sonja bedeutete den beiden Polizisten, hier unten zu bleiben, sie wollte Heiner nicht erschrecken, und für den Fall, daß der Alte doch wach werden sollte, konnte es nicht schaden, wenn die beiden ein Auge auf ihn warfen und ihn in Schach hielten, wenn er ausrasten und zu toben anfangen würde.

Eine dunkle, schmale Holztreppe führte nach oben. Von der Diele gingen drei Türen ab, und sie wußte nicht, welche sie wählen sollte.

Die erste stellte sich als falsch heraus, sie führte ins Bad, eine hellblau gekachelte Kammer ohne Fenster, muffig und feucht. Irgendwo hier tropfte es, und wie in einer Höhle kam das Echo zurück.

Die zweite führte ins Schlafzimmer der Klamps. Sonja konnte nicht umhin, hineinzugehen, aber es war ein trostloser Anblick, nichts Persönliches, hoch türmten sich die Federbetten in einem riesigen Holzbett, ein Kreuz darüber, ein Schrank, auch hier klamme, abgestandene Luft. Das Lager verlorener Seelen.

Die dritte Tür endlich öffnete sie vorsichtig nur einen Spaltbreit und flüsterte seinen Namen. Als sich nichts regte, trat sie ein, ohne Licht zu machen. Sie stand neben seinem Bett und berührte behutsam seinen Arm.

Er lag wie aufgebahrt da, auf dem Rücken, gerade und unbeweglich. Erst als sie etwas heftiger an ihm rüttelte, schrak er auf. Mit entsetztem Blick rutschte er in die hinterste Ecke des Bettes, drückte sich gegen die Wand und zog die Decke bis über die Augen.

»Heiner«, sagte Sonja so sanft sie konnte. »Erkennen Sie mich nicht?«

Unter der Bettdecke schüttelte er den Kopf.

»Ich war vorige Woche schon einmal hier. Am Dienstag. Erinnern Sie sich?«

Wieder Kopfschütteln unter der Bettdecke.

»Sie brauchen keine Angst zu haben. Ich wollte Sie nur etwas fragen.«

Ein Auge lugte hervor, aber er sagte nichts.

»Geht es Ihnen gut hier bei Ihrem Vater?«

Das Auge blickte verstört.

»Ich meine, sind Sie gerne hier?«

Das Auge starrte sie an.

»Ist Ihr Vater gut zu Ihnen?«

Heiner schüttelte apathisch den Kopf.

»Ich könnte Ihnen helfen, hier wegzukommen. Ich bin von der Polizei.«

Wieder verkroch er sich unter der Bettdecke. Es würde länger dauern, dachte Sonja und ließ sich auf dem einzigen Stuhl neben seinem Bett nieder. Sie würde warten, bis er etwas sagte, und sie kam sich vor, als hielte sie Totenwache.

Nach einer Weile kam er unter seiner Bettdecke hervor, zumindest sein Kopf.

»Polizei?« murmelte er.

»Ja, aber Sie brauchen keine Angst zu haben.«

Sie würde ihm nicht klarmachen können, daß er nichts zu befürchten hatte.

»Wegen Frau Nestler, drüben, der haben Sie doch manchmal geholfen, nicht wahr?«

Er nickte.

»Und wegen der Männer, die dort zu Tode gekommen sind.«

Er nickte. Man würde ihn nicht belangen können.

»Wir mußten sie verhaften.«

Er nickte.

»Aber bevor wir sie nach Trier bringen, dachte ich, ich schau mal bei Ihnen vorbei. Wenn Sie möchten, können Sie mitkommen, nicht zur Polizei, aber vielleicht...«

Er zeigte keine Regung.

»Ich dachte nur, wenn Sie hier weg möchten, könnte ich Ihnen helfen, irgendwo unterzukommen und Arbeit zu finden. Sie sind doch sicher eine große Hilfe für einen Bauern?«

Er nickte.

»Na, sehen Sie, und Sie könnten auf einem anderen Hof arbeiten, wo Sie nicht so behandelt werden wie …«

Aber dann schüttelte er langsam und bedächtig den Kopf.

»Ich würde schon wollen«, begann er endlich, »mein Vater ist böse und schlägt uns, meine Mutter auch. Er ist nicht gut…«

»Ja, ich weiß«, sagte Sonja, »darum bin ich hier. Sie sind alt genug, um ein eigenes Leben zu führen, ein besseres als hier.«

Er überlegte mit krauser Stirn, immer noch in der hintersten Ecke seines Bettes.

»Wir würden sicher einen Bauernhof finden, auf dem Sie arbeiten könnten. Fleißige Hände werden überall gebraucht. Weit weg von hier. Bei einem guten Bauern.«

Er überlegte und zeigte ein kleines Lächeln, als ob er sich vorstellen würde, wie es wäre wenn.

»Ja.«

»Kommen Sie doch einfach mit. Wir werden eine Lösung finden, Sie werden sehen.«

»Aber«, begann er zögernd, »es geht nicht. Nein.«

»Und warum nicht?«

»Ich kann meine Mutter nicht allein lassen. Ich muß auf sie aufpassen.«

Er hatte sich entschieden, so wie er es sagte, würde er sich nicht überreden lassen.

»Ich kann sie nicht allein lassen.«

Und er legte sich wieder hin, auf den Rücken, die Arme steif neben sich, und schloß die Augen.

»Nein! Nein!« sagte er noch, und seine Stimme klang wie ein Riegel, der sich vor seine Zukunft schob.

Sonja atmete tief durch. Sie blieb noch eine Weile neben ihm sitzen. Und ihre linke Hand fand den Talisman, den eisblauen Stein mit den weißen Augen, in der Manteltasche, und sie drehte und wendete ihn.

Dann stand sie auf, drückte seinen Arm und sagte: »Auf Wiedersehen, Heiner«, und legte den Talisman in seine große, schwielige Bauernhand, drückte die Finger darüber zu, so daß er ganz verschwunden war. Er würde ihn nötig haben.

Sie schloß leise die Tür hinter sich und ging herunter in die Wohnstube. Der Alte hockte immer noch schlafend in seinem Sessel, seine Frau hatte ihre Näharbeit wieder aufgenommen, und die zwei Kollegen drückten sich verlegen herum.

Zu viel Wut hatte sich in letzter Zeit aufgestaut, zu viel Verzweiflung und Haß, und sie schlug mit der Hand auf den Tisch, daß die kleine Vase mit den vertrockneten Blumen umfiel, die schäbige Tischdecke mitriß und auf den Boden klirrte. Sie trat mit den Füßen gegen die Tischbeine und schrie: »Hey!«

Ihr Gesicht wurde heiß und rot, und die beiden Polizisten griffen automatisch an ihre Gürtel. Sie wußten nicht, um was es ging.

Frau Klamp sprang auf, und ihr Stuhl fiel nach hinten gegen den Schrank. Sie preßte ihre Nähsachen an sich, wie zum Schutz, und wich zurück.

»Verdammt!« brüllte sie.

Da erst wurde der Alte wach, schüttelte den Kopf wie nach einem Traum und blinzelte ins Licht. Er fuhr aus seinem Sessel hoch und begann zu poltern, Worte aneinanderzureihen, da schickte Sonja die Polizisten mit einem Kopfnicken zu ihm, und sie drehten seine Arme auf den Rücken, daß er das Gesicht vor Schmerzen verzog, und hielten ihn fest, und er schwieg.

Sonja zog ihre Waffe unter dem Arm hervor und hielt sie auf ihn, auf seine Augen.

»Wir werden Sie verhaften!«

Der alte Klamp öffnete den Mund und schloß ihn wieder und brachte kein Wort heraus.

»Körperverletzung! Zehn Jahre mindestens!«

Sie wartete die Wirkung ihrer Drohung ab.

»Wenn Sie es wagen, noch einmal Ihre Frau oder Ihren Sohn zu schlagen, zu demütigen, zu quälen, sind Sie dran!«

Er nickte.

»Wir behalten Sie im Auge! Wir werden Ihren Hof nicht mehr unbeobachtet lassen! Wir werden hier kontrollieren! Regelmäßig! Unterschätzen Sie uns nicht!«

Er nickte.

»Wir werden Ihre Frau befragen und Ihren Sohn! Und glauben Sie nicht, die beiden würden sich nicht trauen!«

Er nickte.

»Noch *ein* Mal!«

Er nickte.

Sie übersah die zweifelnden Blicke der Kollegen. Sie trug ein bißchen dick auf, ja, aber was sollte sie denn sonst tun? Es tat gut, herumzuschreien, die Wut herauszulassen.

Sie ließ die beiden, den verstörten Alten und seine zitternde Frau, da stehen und nickte den beiden Polizisten zu.

»Kommt!« sagte sie zu ihnen, und sie verließen das Haus.

Sie witzelten nicht über ihren Auftritt, sondern folgten ihr wortlos über den Feldweg zu Muriels Haus, die Köpfe gesenkt gegen den Regen.

Jerome stand an seinen Wagen gelehnt und wartete geduldig, den Kragen hochgeschlagen, die Hände in den Manteltaschen, die Locken hingen schwer und naß auf seinen Schultern.

Bartmann saß stocksteif im Polizeiwagen und sah nicht rechts noch links. Sein unbewegliches Profil stand in der Dunkelheit.

Als die beiden Polizisten sich zu ihm und Muriel gesetzt hatten, genügte ein Nicken, und sie fuhren sofort los.

Er hatte nicht ein einziges Wort mit ihr gesprochen, seit er mit seinen Männern das Haus gestürmt hatte. Er hatte sein beleidigtes Gesicht aufgesetzt und Muriel verhört. Er konnte doch zufrieden sein, was wollte er noch mehr, schließlich hatte sie diese Fälle gelöst. Schneller, als er es sich hatte träumen lassen und vor allem ihr zugetraut hatte. Er stand doch gut da, vier auf einen Streich, Schnösel! Sie hatte ihm doch zugearbeitet, ohne ihn unnötig zu belasten, sogar in ihrem Urlaub. Ein Schulterklopfen wäre nicht schlecht gewesen, obwohl sie eine Gänsehaut bekam bei dem Gedanken. Aber natürlich schob er ihr die Schuld an Alex' Tod zu, und vielleicht hatte er ja auch recht.

Morgen, morgen würde sie ihm alles erklären oder es zumindest versuchen, wie es passieren konnte, daß Alex…

Morgen müßte man jemanden zu Frau Berger schicken, nicht sie, ohne Alex würde sie das nicht schaffen. Nicht das Café noch einmal sehen, in dem sie gesessen hatten...

Und morgen könnte Bartmann auch seine Kollegen anrufen und das Lob einstecken, von ihr aus. Sie war nicht stolz auf diesen Fang.

Morgen, morgen...

Sie mochte nicht an Alex' leeren Schreibtisch denken, wenn sie ihm morgen gegenüber sitzen müßte.

Elend war ihr zumute, hundeelend.

Sie lehnte sich gegen Jerome, der die Arme um sie schlang, sie in seinen Mantel einhüllte und festhielt, und dann endlich konnte sie weinen. Jerome wiegte sie hin und her. Sie würde nie wieder aufhören können.

»Ich könnte heulen, heulen, ein Loch in den Boden.«

Er trat vorsichtshalber einen Schritt zurück, aber dann zog er sie wieder an sich, achtete nicht auf die Pfützen, die sich füllten.

»Jerome, das hasse ich an meinem Beruf!«

»Warum?« fragte er.

»Weil es keine Happy Ends gibt!«

»Sieh uns an, wir werden eines haben! Ich garantiere dir dafür!«

»Aber nicht im wirklichen Leben.«

Sie spürte sein Lächeln an ihrem Gesicht.

»Ich sehne mich danach, Frohsinn wie Reiskörner über alle Menschen zu schütten und sie zu entlassen in die Glückseligkeit, ich brauche das!«

Er sah in ihr rotes, verheultes, verschmiertes Gesicht, den Handrücken unter der Nase, im Licht der Scheinwerfer, hörte ihr Schnauben und Schniefen und küßte sie, trotzdem.

»Und ich möchte stilvoll und edel weinen können, lautlos und schwindsüchtig, mit weitaufgerissenen Augen, aus denen zwei große, regenbogenfarbene Tränen perlen...«

Endlich schob er sie auf den Beifahrersitz, und Tiger kam vom Rücksitz herübergeklettert und drückte sich an sie, Regentropfen und Tränen rannen über sein Fell. Er schnurrte und rieb seinen Kopf an ihrem Mantel.

»Ach, Tiger«, jammerte sie und ließ sich gehen.

»Er heißt Balzac«, sagte Jerome und versuchte ein Lächeln.

»Ach, Balzac«, jammerte Sonja weiter, und nichts war besser, als das Gesicht in seinem Fell zu vergraben.

In der Nacht versammelte sich aller Schlaf um Jerome, und sie ging leer aus, wieder mal. Sie stand lange am Fenster, ehe sie seine Nummer wählte.

»Nestler«, seine Stimme war nah und berührte sie.

BITTE EIN MORD von Edgar Noske

Die Eifel ist schön. – Allerdings nicht für Harry Kaplan, der aus Köln in das bezaubernde Eifelstädtchen Malberg kommt, um seine Tante Martha zu beerdigen. Leider bleibt es nicht bei einer Leiche: Ausgerechnet Harry findet Konrad Walterscheid, den Besitzer der kleinen Kyllburger Brauerei, von einem Armbrustpfeil durchbohrt vor dem Malberger Kriegerdenkmal. Harry gerät in eine tückische Intrige um Mord, Liebe und – Bier. Denn allem Anschein nach hat die mächtige Bitburger Konkurrenz ihre Finger im Spiel ...

»Ein packender Thriller mit überraschendem Ende.« *Bild*

Eifel Krimi 1, 190 Seiten, Paperback, ISBN 3-924491-76-3, DM 16,80

RITTERMORD von Edgar Noske

Diesmal ist es kein Spiel, sondern blutiger Ernst: Während eines Festspielturniers auf Burg Satzvey wird einer der Recken von einer Lanze durchbohrt. Schnell wird klar, daß es sich um einen eiskalt geplanten und ausgeführten Mord handelt.
Tom Henschel, der Bonner Ex-Bulle mit der kaputten Biographie, nimmt sich des des Falles an.
Schon bald konzentriert sich sein Blick auf Bad Münstereifel, wo er mit jedem Hinweis tiefer in ein Wespennest aus Lügen und Raffgier, aus Intrigen und krummen Geschäfte, aus Mord und Totschlag stößt. Und er merkt nicht, in welch tödlicher Gefahr er selbst schwebt. Als er die Zusammenhänge erkennt, ist es beinahe schon zu spät ...

»Eine vergnügliche Lektüre in klarer Sprache, die bis zur letzten Seite ihre Spannung bewahrt.« *Grenz-Echo*